KB136931

시
모
키
타
자
와
에

대
하
여

요시모토 바나나 에세이

시모키타자와에 대하여

下北沢について
요시모토 바나나 ★ 김난주 옮김

민음사

차례

흐르고 흘러

잘 생각해 보니, 시모키타자와에 살게 된 두 가지 계기가 있다.

까맣게 잊었을 정도로 아득하고 작은 계기다.

실제로 시모키타자와에 살아 볼까 했을 때는, 조금도 기억나지 않았을 정도로.

하지만 지금은, 그 두 가지 일화가 내 마음 깊은 곳에 소리 없이 자리하고서 현실화되는 순간을 기다리고 있었던 것이라고 생각한다.

중학교 3학년 때. 나는 친하게 지내는 친구와 함께 도립 고등학교로 진학하고 싶었다. 놀기만 했지 공부를 전혀 안 했기 때문에, 사립에 응시할 준비는 조금도 되어 있지 않았다.

전철을 타고 학교에 다니는 것도 귀찮아, 사립은 절대 싫었다.

내 사랑하는 자전거 '차링코'를 타고 다닐 수 없는 학교에 간다는 것은 있을 수 없는 일이었다.

부모에게 그런 속마음을 조곤조곤 얘기할 수 있는 아이였다면 좋았겠지만, 당시의 나는 부모님 말에 이러쿵저러쿵 반발하느니, 그래서 부모님을 실망시키느니, 두말 않고 시험을 봐서 떨어지는 편이 좋다고 생각하는 소심한 소녀였다.

지금은, 부모님에게 잘못했네, 수험료도 싸지 않았을 텐데 아깝네, 하고 생각한다. 그런 깨달음은 훗날이 되어서야 찾아온다.

우리 부모님은, 특히 내가 공부를 너무 안 해서 당황한 어머니는, 아직은 다소나마 학력을 키울 여유가 있을 듯하니, 대학에 부속된 사립 고등학교에 들어가면 그럭저럭 대학에도 들어갈 수 있지 않을까 하고 내다봤을 것이라고 생각한다.

어머니는 나를 정확하게 보고 있었던 것이다.

나는 정말 공부를 하나도 안 해서, 모든 대학에 떨어졌다. 그리고 재수를 결심한 밤에 친구에게 받은 어느 대학 원서를 밑져야 본전인 셈 치고 써서 제출했는데, 아슬아슬하게 마감 날짜를 넘기지 않아 시험을 치를 수 있었고, 급기야 예술학부에 합격했다. 어떻게 합격했는지는 지금도 수수께끼다.

그런 나도 초등학생 때는 공부를 좋아했고, 흥미도 있어서 공부를 하지 않아도 성적이 좋았다.

그러나 학교가 내게 별 의미 없어 실망한 나머지, 학교라는 시스템에 참가할 생각이 사라지고 말았다. 그 생각은 지금도 변함없다. 내게 잘못이 있나 싶기도 했다. 적응하려고 갖가지 노력도 했다. 그런데도 역시 '내게 학교는 의미 없다.'라는 것을 깨달았고, 그저 앉아서 시간을 보내는 고통을 배웠을 뿐이다. 남들은 어떤지 모르겠지만.

너무 오래 참은 탓에, 그 트라우마 때문에 지금도 나는 가만히 앉아 있지 못한다. 몸이 학교에서의 그 지옥 같던 시간을 떠올리고 휘청휘청한다.

때마침 불량 학생들이 각 지역의 중학교를 휩쓸던 시대라, 어머니는 그 불량 학생들과의 인연까지 앞으로 이어지면 어쩌나 우려했을지도 모르겠다. 그러나 불량 학생들이 거칠고 화려하게 움직여 준 학교 환경 덕분에, 나는 눈에 띄지 않게 졸기도 하고 책도 읽고 소리 없이 하고 싶은 것을 하면서 수업 시간을 버텨 낼 수 있었다.

마치다에 있는 그 사립 고등학교 입시를 치르던 날, 특히 영어의 리스닝 파트에서 들리는 게 하나도 없어 보나마나 불합격이겠다고 생각하면서 돌아오는 길, 아버지와 둘이 시모키타자와의 남쪽 출구 쇼핑가에 들렀다.

그 시험에 얽힌, 뭔지 모르게 답답하고 거짓말을 하고 있는 듯했던 기분, 평생 잊지 못한다.

시모키타자와에 대하여

시험 문제는 손을 댈 수 없을 만큼 어려웠다. 시험에 대비해서 어느 선까지는 순조롭게 공부했는데, 그 선을 넘자 갑자기 뭐가 뭔지 알 수 없어졌다.

수학은 시간이 모자라 두 문제나 아예 손대지 못했고, 영어는 난이도가 높은 리스닝 문제가 스피커에서 흘러나오자, 우주에서 방송하는 건가? 싶을 정도로 들리지 않아 그만 웃음이 나오고 말았다.

깨끗한 교실에서 모르는 아이들과 가만히 앉아, 우주에서 보내는 방송을 들었던 기억 하나는 신기하게도 밝은 인상으로 남아 있다.

춥고 눈발이 살랑살랑 날리는 날이었다. 교문을 들어서자, 재학생들이 입시생 한 명 한 명에게 우산을 건네며 "힘내세요." 하고 말했다. 나는 그때야 비로소 '아, 공부를 좀 할걸. 이렇게 인상 좋은 학교인 줄 몰랐네.' 하면서 조금은 후회했지만, 때는 이미 늦었다고 할지 생각이 모자랐다고 할지.

그런 갖가지 기분을 미처 소화하지 못한 채 아버지와

함께 시모키타자와에 들렀다.

그때 나는 도립고에는 합격할 것이란 확신이 있었다. 물론 불안했지만, 문제없을 거라고 믿었고 도립에 떨어지면 갈 곳이 없다는 생각은 하지 않았다. 그냥 치르는 수밖에 없다. 그리고 붙는 수밖에 없다. 그렇게 벼랑 끝에 선 듯한 기분이었다.

지망한 도립고에 합격했지만, 같이 발표를 보러 간 친구는 떨어져서 친구를 위해 울었던 웃지 못할 일화도 기억하고 있다. 내가 울자, 합격해서 우는 줄 알았던 사람들은 "역시 사립에 전부 떨어져서 충격이 컸나 보네." 하고 말했지만, 그게 아니었다. 나보다 훨씬 성실하게 공부했던 친구가 떨어져서 우는 모습을 보니, 견딜 수가 없었다.

그날 눈발이 그쳐 하늘이 조금씩 보이던 저녁나절의 시모키타자와는 반짝반짝 활기에 차 있었고, 이른 저녁인데도 참 북적거리는 장소라는 느낌이었다.

훗날 내 아이의 손을 잡고 매일 지나다니게 될 장소라는 것은, 당시의 나로서는 있을 수 없는 일이다 못해 상상조차 할 수 없는 일이었다. 나는 평생 도쿄의 서민 동네에서 살려고 했고, 결혼해서도 당연히 부모님 집 근처에 살거라고 생각하고 있었으니까.

그런데. 흐르고 흘러 그렇게 되었다.

그렇다, 나는 그로부터 몇십 년 후에, 어린 내 아이의 손을 잡고 아버지와 함께 걸었던 길을 걷게 되었다. 인연이 있는 곳이어서 유난히 기억에 남아 있었는지, 아니면 남아 있는 기억이 새로운 인연을 만들었는지 그건 잘 모르겠다.

다만 그 오후의 강렬한 기억이 입시 이상으로 내게 큰 영향을 미쳤다는 것만은 확실하다.

역을 중심으로 당시의 남쪽 쇼핑가에는 지금보다 체인점이 많지 않았고, 예스런 개인 가게와 카페가 많았다. 신기한 잡화점도 많아서 그 앞에 서서 구경하고, 인테리어가 멋진 카페에서 차를 마셨다. 겨우 그 정도 기억이지만, 그 북적거림은 내가 사는 야나카의 북적거림과는 완연히 달랐다. 시모키타자와의 북적거림은 젊은 사람들이 미래를 만들기 위한 것이지, 그곳에 사는 어른들이 생활에 필요한 물건을 사기 위한 북적거림이 아니었다. 어린 내게는 그 점도 짜릿했다.

아버지와 그런 곳을 거니는 것 자체도 무척 예외적인 일이었다.

그래서였지 싶다. 아버지도 마치 여행을 하는 것처럼 즐거워 보였다. 걸음이 몹시 빠른 아버지가 조금 여유롭게 거리를 산책하는 모습은 입시의 실패를 잊게 해 줄 만큼 밝았다.

아버지가 세상을 떠나고 없는 지금, 그날의 구름 진 하늘과 써늘한 공기가, 그리고 공부도 안 하고 입시를 치른 민망함이 그저 그리울 따름이다.

그때는, 언젠가 이런 곳에서 살고 싶다는 생각조차 없었다.

주위에는 중학교를 졸업하자마자 가업을 이어 장사를 하거나, 야쿠자 사무실에 취직하고, 아저씨의 애인이 되어 돈을 마음껏 쓰는 어른스러운 중학생도 있었는데, 나는 여전히 철없는 어린애였다.

커서 작가가 되겠다는 결심은 굳었지만, '좋아하는 곳에서 산다.' 하는 데까지는 생각이 미치지 않았다.

마흔여덟 살이 된 지금도 여전히 대학생 같은 기분으로 사는 것 또한 그 탓인지 모른다. 모든 것이 늦었으니까, 지금도 늦는 것이리라. 또는 마냥 어린애로 남아 있는 부분이 없으면 계속할 수 없는 일을 하고 있는지도 모른다.

시모키타자와에는 또 한 가지 잊지 못할 추억의 풍경이 있다.

예전에는 다이자와를 향해서 가마쿠라 길을 걷다 보면 큰 건널목이 있었다.

얼마 전까지 일세를 풍미했던 치쿠테 카페가 있었던 언저리, 지금은 나나구사와 NEJI가 있는 부근.

이십 대 전반에, 그곳을 걷다가 문득 생각했다.

아, 나, 이 경치를 알아. 언젠가 이곳에서 살지도 모르겠네……

그 생각은 바람에 흩날리고, 또 때마침 폼으로 들어온 오다큐 선의 굉음에 지워져 기억에 남지 않았다.

그런데도 그때 하늘의 색감만큼은 잘 기억하고 있다.

그날, 나는 시모키타자와에 사는 친구 도모네 집에 자기로 했었다. 역에서 만나, 지금은 사라져 가고 있지만 당시에는 가게 문이 다 열려 있어 활기찼던 북쪽 출구의 시장에 갔다. 알전구가 빛나는 가게에서 가지와 닭고기를 사면서 도모는 태국 카레를 만들어 주겠노라고 했다.

그때 아직도 부모님 집에 눌러 살던 나는 신기한 음식인 태국 카레를 집에서 간단히 만들 수 있다는 것도 몰랐고, 친구와 수다를 떨면서 저녁거리를 사 들고 돌아가 직접 만들어서 즐겁게 먹을 수 있다는 것도 아득한 꿈만 같았다.

재료를 사 들고 도모네 집으로 가는 도중, 지금은 없는 그 건널목 앞에 섰다. 운명의 시간인 줄도 모르고.

도모는 언니와 같이 살고 있어서, 나는 도모와 도모의 언니와 함께 도모가 만든 맛있는 태국 카레를 먹었다.

그리고 밤늦게까지 도모와 소곤소곤 많은 얘기를 나누었다.

언니가 이미 사회인이어서, 언니가 잠든 때에는 조용히 해야 했다. 그 느낌이 또 어른스러웠다. 옷걸이에는 회사원인 언니의 어른스러운 옷이 걸려 있었다. 대학생 수준으로는 좀처럼 엄두가 나지 않는 루이뷔통 핸드백과 파우치도 나란히 놓여 있었다.

여전히 어렸던 나는, 어른이 되면 즐거운 일도 많은가 보네, 하고 멍하게 생각했다.

다음 날 아침, 아침을 먹고 도모네 집을 나서서 잠시 걸어갔더니, 길 한가운데에 훤칠하고 멋진 남자와 어마어마하게 스타일이 좋고 섹시한 여자가 서 있었다. 온몸을 검은 옷으로 휘감은 두 사람 옆에는 어린 여자아이가 동동 매달리다시피 서 있고, 남자 품에도 아이가 안겨 있었다.

정말 멋진 광경이네, 주택가에 로커 부부, 그리고 아이들.

나는 넋을 잃고 바라보았는데, 너무 힐끔거린 탓인지

그 가족은 바로 집에 들어가고 말았다.

"아유카와 씨와 시나야. 저 집에 쌍둥이가 있어."

도모가 말했다.

나는 그 멋진 모습에 얼이 빠져서, 록 음악을 하는 사람은 집에서는 평범한 차림으로 있는 경우가 많은데, 정말 뼛속까지 록의 혼을 사는 뮤지션은 언제 어디서든 그냥 록이네! 하고 생각했다.

내가 사는 동네에서 그런 차림으로 아이를 키웠다가는 보나 마나 온 동네에 소문이 나돌 것이다. 서민 동네 사람들은 마음씨가 좋으니까, 흥미로워하며 수용하기는 할 테지만 아무튼 소란스러웠을 것이다.

그런데 시모키타자와 거리에서는 그들 모습이 아주 자연스러웠다.

그리고 이건 바람직한 일은 아니지만, 찬찬히 관찰해 보니 시모키타자와에는 뭐 하는 사람인지 정체 모를 어른들이 요란한 차림으로 대낮부터 어슬렁거렸다. 술집도 초저녁에 이미 북적거렸다.

그런 생활을 하고 싶은 건 아니었다. 하지만 그런 생활이 바로 옆에 있는 곳에 살아 보고 싶다고 생각했다. 건널목에서 본 드넓은 하늘을 상징으로, 그 생각이 내 마음속 깊은 곳에 간직되었던 것이리라.

훗날 시모키타자와로 이사 왔을 때 나는 이미 중년이었고, 일에 쫓기고 있었고, 아이와 함께 갈 수 있는 곳이 아니면 가지 않는 상태였다.

아이 학교 때문에 일찍 자고 일찍 일어나고, 일정은 빈틈없이 빠듯하고, 본의 아니게 사회인이라고 할 수밖에 없는 생활을 하고 있었다.

밤중에 훌쩍 한잔하러 나갔다가 아침에 돌아오거나, 처음 본 술집 카운터에 자리해서 친구를 만들거나, 스낵바에서 모르는 사람들과 노래를 부르며 박수를 치거나, 밤늦게 고민 많은 친구에게 불려 나가거나, 그런 일은 아예 없었다.

그래서 정작 내가 꿈꾸었던 생활은 하지 못했다.

인생의 그런 시기는 완전히 지나간 때였다.

그런데도 가끔 늦은 밤에 아이와 함께 쇼핑가를 거닐다가, 아직 열려 있는 아는 사람 가게에 훌쩍 들어가 가볍게 한잔할 때, 내 마음속에서 저 '70년대의 꿈'의 조각이 반짝 빛나곤 했다.

내가 어른이 되어서만은 아니리라. 요즘 시대는 모두 틈을 허락하지 않는다. 누가 감시라도 하는 것처럼 행동하고, 늘 시간에 쫓기는 것처럼 보인다.

그 시대의 분위기를 아는 세대는 이제 적어졌지만, 그 패기만은 절대 마음속에서 지우지 않으려고 한다. 거리가 꿈을 꾸었던 시절의, 그 꿈의 기운을 지닌 채 창작을 하고 싶다.

걸어서

　전에는 주소로 하면 세타가야구 가미우마라는 곳에
살았다.

　참 한가로운 곳이었다.

　낮에는 길을 오가는 사람이 거의 없고, 건너편에는 고
치현에 본사가 있는 어느 회사의 사원 기숙사가 있었는
데, 지방색이 그래서 그런지 무척 여유로웠다. 커튼도 창
문도 활짝 열어 놓은 채 가족들이 웃고 떠들고, 밤에도
피아노를 쳤다. 그 분위기를 좋아했다.

　또 주간 돌봄 센터도 있었는데, 어르신들이 올 수 있는

날이 아닌데도 집을 빠져나와 그곳에 오는지, 툭하면 어르신을 보호해서 집으로 돌려보내곤 했다.

아래층 사는 주인집은 가족처럼 친절하게 대해 주었다. 월세는 조금 비쌌지만 대형견을 몇 마리든 마음대로 키워도 되고, 시끄러워도 전혀 문제 삼지 않는, 요즘 세상에 찾기 힘든 조건이라 느긋하게 10년이나 살았다.

가미우마 시절이 어언 끝나 갈 무렵에는 위층에 새끼 돼지가 살았다.

밤중에 천장을 울리는 새끼 돼지의 뒤뚱뒤뚱하는 발소리를 행복하게 들었다. 어느 오후에 돼지를 키우는 사람이 자동차 조수석에서 새근새근 잠든 새끼 돼지의 모습을 보여 줬을 때는, 돼지고기를 좋아하는 인간인 내가 처음으로 '앞으로 돼지고기 먹지 말까.' 하고 심각하게 고민했다.

아이가 생기고서야 근처에 강물처럼 흐르는 두 큰길에 마음이 쓰이기 시작했다.

시모키타자와에 대하여

그 전에는 길이 넓어서 편리하다고만 여겼는데.

낮과 저녁에는 주로 전철로 이동하는 내게 고마자와 대학 역은 아주 편리했고, 밤에 자동차나 택시로 돌아올 경우도 '246도로와 7번 순환도로 교차점 바로 옆으로 가 주세요.'라고 하면 그만이었다.

밤에 일을 하다, 강물 소리처럼 과르르르 하는 소리가 희미하게 들린다는 것을 알았다. 그것은 물론 차들이 흐르는 소리였지만, 중년 가까운 나이에 혼자 일하는 나로서는 안심되는 소리였다. 도시의 시스템을 말해 주는 사랑스러운 소리이기도 했다.

그런데 아이가 생기고 보니, 어디를 가든 그 큰길을 건너야 하는 활동 범위가 너무 부담스러웠다. 아기를 품에 안거나, 유모차에 태우고 매일 큰길을 허둥지둥 건너 슈퍼마켓에 가야 하는 날들.

어떻게 보면 편리한 곳이고 차로 이동하는 일이 잦은 사람에게는 별거 아니겠지만, 무엇이든 가까이에 있어 도보나 자전거로 충분한 서민 동네에서 자란 내 몸의 감각에 그 생활이 맞지 않았던 것이리라.

출산 후, 몸이 짐승 같은 감각을 지니는 시기였다고 생각한다. 짐승이 된 나는 아무래도 어렸을 때부터 키워 온 감각으로 돌아가고 싶어 하는 듯했다.

아이가 어릴 때만이라도 내가 자랐던 곳처럼 상점가가 있는 곳에서 살고 싶다고 생각한 나는, 시모키타자와 남쪽 출구에 가까운 다이자와 언저리로 이사하기로 마음을 굳혔다.

상점가가 바로 옆에 있는 것은 아니어도 아이를 데리고 걸어갈 수 있는 범위 안에 있고, 차가 출입할 수 없다는 점이 더없이 좋았다.

가미우마의 집을 떠날 때, 주인집 아주머니와 눈물을 흘리며 아쉬워했다. 내 인생에서 아주 소중한 추억이다.

부모님 앞에서 집을 떠나겠다고 하면서도 울지 않았는데, 앞으로 펼쳐질 주인집 없는 인생이 불안해서 눈물이 나오고 말았다.

주인집 아주머니는 손수 만든 갈비 양념을 나눠 주었

고, 우리 아이를 볼 때마다 환히 웃으면서 얼러 주었다. 지금 생각하면, 그 시절의 나는 주인아주머니의 보호 속에 있지 않았나 싶다.

그 아파트를 지키는 것은 아무라도 들어올 수 있을 만큼 허술한 오토 록 시스템밖에 없었지만, 1층에는 주인집 딸이 살고 2층에는 주인집과 아들들이 살고 있다는 생각만 해도(4층에는 새끼 돼지가, 웃음), 대가족 사이에 사는 듯한 안도감이 있었다.

물론 대가족 나름의 어려움도 있었다. 동네 사람들이란 생활 속에 늘 있지만 마냥 달가운 존재는 아니어서, 우리가 싸우거나 아이에게 고함치는 소리도 모두 들릴 테고, 주인집에는 유전적으로 다리가 불편한 사람이 둘이나 있어서 힘겨운 생활의 무게도 전해졌다.

그런데도 거기에는 예로부터 있었던 평범한 가족의 생활이 있었다.

요즘의 주인은 대개 자기들이 4층이나 펜트하우스에 사는데, 그 주인집은 자기들이 1층과 2층에 살고, 좋은 층은 세를 주고 그에 상응하는 집세를 받는다는 것에 자부심을 갖고 있었다.

주인이 그렇게 옛날식이라는 사실 자체가 나의 향수를 자극했다. 지금은 내가 태어나고 자란 동네에도 그렇게 소박한 생각을 가진 사람이 적기 때문이다.

저녁때가 되면 가족을 위해 아주머니가 만드는 음식에는 늘 참기름이 들어가, 그 고소한 냄새가 계단을 타고 올라왔다. 지금도 참기름을 써서 재료를 볶을 때마다, 그 집에 찾아왔던 따뜻한 밤을 떠올린다.

무엇과도 바꿀 수 없는 10년이었다.

나이가 이쯤 되니, 인생에서 10년이라는 시간이 차지하는 무게를 족히 이해하겠다.

주인집과 같은 지붕 아래서 편안히 살았던 10년이 그저 고마울 따름이다.

요즘은 좁은 길에도 차가 쉬이 들어갈 수 있다.

이사한 집 앞에도 샛길이 있어 늘 차가 지나다닌다.

시모키타자와에 대하여

그러니 조금은 오산을 한 셈이지만, 적어도 좁은 길은 차만 위해 있는 게 아니고, 마침 아장아장 걷는 아기를 데리고 다니기에는 적당한 사이즈였다. 언제나 차가 오가는 커다란 강 같은 길을 건너지 않아도 되는 생활에 조금 안심했다.

내가 사는 동안에도 쇼핑가는 점점 변모했다.

생활에 관계된 쌀가게나 정육점, 채소 가게는 문을 닫고, 체인점과 음식점, 바텐더가 여자인 바만 늘었고, 지금도 그 풍조는 계속되고 있다.

시대의 흐름이 그렇다면 어쩔 수 없다고 생각한다.

나도 지방 도시에 갔다가 갈아입을 옷이 없으면 바로 유니클로나 무인양품을 찾아가 그 편리함을 누리고 있고, 시간이 없을 때는 여기저기에 있는 대형 마트에서 한꺼번에 시장을 볼 수 있어 다행!이라고 거의 머리 숙여 인사하고 싶을 만큼 마트 문화에 감사하고 있다.

그럼에도, 내 마음에는 쇼와 시대에 누렸던 쇼핑의 즐거움이 여전히 남아 있다.

"아저씨, 오늘은 무 주세요, 아, 그리고 양하도."

"오늘은 토마토가 아주 좋은데."

"거스름돈 여기. 저녁 맛있게 지어 먹어!"

그런 대화를 나눈 후에 양손 가득 짐을 들고 휘청휘청 걸어가는 길의 행복함을, 길에 나서면 마주치는 얼굴마다 아는 사람이라서 오늘의 꼴을 보이고 마는 성가심과 편안함을, 다가올 시대 사람들은 다른 것에서라도 꼭 얻었으면 좋겠다.

나는 운동신경이 없어서, 어린아이를 자전거에 태우고 쌩쌩 달려 시장을 보러 가지 못한다. 아이를 태우기만 해도 너무 겁이 나서 이러지도 저러지도 못하고는, 할 수 없이 자전거를 밀면서 걸을 정도다. 아이와 짐을 실은 유모차조차 제대로 다루지 못하는데 자전거를 어찌!

백화점 앞에서 아이를 한 손으로 안아 옆구리에 끼고 유모차를 다른 손으로 척척 접어 택시에 올라타는 사람을 보면 황홀할 정도다. 나는 일단 아이를 바닥에 내려놓고 5분 넘게 걸려야 가능한 일인데……. 사람은 적성이 서로 다르니, 뭐 어쩔 수 없죠.

아무튼 그렇다 보니 많이 걷게 된다.

아이와 함께면 천천히 걸을 수밖에 없고, 그래서 따분하고 시간이 걸리면 답답해서 싸우기도 하지만, 그래도 평소에 보지 않던 것을 유심히 보거나 걸음을 멈추고 사람을 바라보기도 한다.

가미우마라는 장소가 아니고는 할 수 없는 경험이었다.

지금 우리 아이는 나보다 빨리 달리고, 과자를 사 준다거나 용돈을 주겠다고 하면 무거운 물건을 들어 준다.

늘 감동스러워 '잘 컸네' 하고 생각하는 반면, 조그맣고 몰랑몰랑한 손을 잡고 아장아장 천천히 걷는 속도에 맞춰 나도 천천히 걷는 일은 이제 없겠지, 하고 서운해진다.

지금은 없는 건널목 앞에서 한참을 기다렸다가, 지금은 거의 사라져 버린 시장 안 가게에 가서, 가게 앞에 놓인 솜사탕 기계에서 솜사탕을 만드는 일도 없다.

쇼핑을 하고 돌아오는 길에, 지금은 다른 가게로 바뀐 이탈리안 레스토랑 다니엘라에서 나는 생맥주 한 잔을,

아이는 블러드 오렌지 주스를 마시고, 아스라이 취해 해
저문 거리를 걸어 집으로 돌아가는 일도 없다.

세련되고 깜찍하고 감각이 좋은 치쿠테 카페에서 아이
가 그렇게나 좋아했던 야채수프를 먹는 일도 없다.

그런 생각을 하면, 많은 것들이 너무도 빨리 사라져 버
려 그저 아연하고 슬플 따름이다.

그러나 슬퍼만 할 수는 없다.

오늘 하루의 대화가, 거리를 걷는 것이, 인생을 만들어
가니까.

멍하게 있을 수 없다. 지금은 지금이니까, 아무튼 열심
히 오늘을 그려 나가야 한다.

열심히 그려 낸 오늘, 또 오늘이 멋진 10년을 남겨 줄
테니까.

아무튼 시모키타자와 거리를 걸어 보기 바란다.

다리가 뻐근해지면 카페에서 커피를 마시고, 또 걸어
보기를.

무수한 사람들이 울고, 웃고, 마시고, 토하고, 꿈을 잃고, 실연하고, 또는 행복을 찾으면서 이 길거리를 몇 번이나 걸었다. 길에는 투명하게 겹쳐진 유령처럼 흔적이 남아 있고, 그 흔적은 아무리 풍경이 달라져도 여전히 기척으로 이 공간을 채우고 있다.

그것이 거리가 지닌 깊이이며 슬픔이며, 또 좋은 점이기도 하다.

먼 옛날, 아주 젊었을 때, 나는 시모키타자와 거리에서 그 당시의 연인과 헤어진 적이 있다.

연인에게는 이미 헤어졌지만 잊지 못하는 여자가 있었고, 그때 그녀의 남동생과 나 가운데 어느 쪽을 자기 집에 재우느냐 하는 단계에서, 그는 어이없게도 그녀의 남동생을 선택했다.

여러분, 좀 들어 보세요, 그녀조차 아니라고요!

그녀의 남동생이라고요!

남자에게 졌습니다!

화가 나고 어이가 없어서 헤어지기로 마음을 정하고,
두말 않고 집으로 돌아가려고 택시를 잡았는데, 그때의
슬펐던 기분은 아직도 기억하고 있다.

그 후에도 나와 그 사이에는 옥신각신, 티격태격 여러
가지 일이 많았지만, 그 사건이 결정타였던 것 같다.

너라면 이해해 주겠지, 그러니까 오늘은 그녀의 동생을
우리 집에 재울게, 집도 동생이 더 멀고……. 지금 생각해
보면 아주 당연한 판단이었지만, 그때의 나는 수용하기
어려웠다.

셋이 같이 자도 상관없었고, 셋이 새벽 전철이 움직일
때까지 마셔도 좋았는데.

그녀 동생과 그녀 얘기를 하는 장면을 내게는 보이고
싶어 하지 않은, 그 마음이 슬펐다.

가끔 밤중에 역에서 친구를 배웅한 다음, 나는 아이의
손을 잡고 그 장소를 지나간다.

그 사랑이 죽은 장소는 라이브 하우스 셸터가 있는 차

자와 길 언저리.

낮에도 늘 지나다니는데, 밤에 지날 때면 그날 밤의 일이 떠올라 잠시 미소를 짓는다.

그때의 나는 내가 설마 이 동네에 살게 될 줄은 꿈에도 몰랐다.

아이와 같이 아이스크림을 먹으면서, 그곳을 지나 내 집으로 가는 날이 오다니, 절대 있을 수 없는 일이었다.

너무 슬프고 눈앞이 캄캄해서 훌쩍훌쩍 우는 바람에 운전사 아저씨를 긴장케 하면서 먼 동네로 돌아갔던 그날의 외톨이였던 내게, '그다음에 결국 다른 사람과 결혼해서 시모키타자와에 살고, 아이와 함께 이곳을 지나다니게 돼.' 하고 말해 주고 싶다.

인생이란 얼마나 멋진 것인지, 얼마나 좋은 것인지 모르겠다.

기뻤던 일이 슬퍼지는 장소도 많지만, 같은 힘으로 슬펐던 일이 기뻐지는 장소도 있다. 고정된 것은 없다. 살아 있는 한 갱신되고, 새로이 짜여 간다.

이 동네에서 아직 한참은 인생의 그런 움직임을 계속
해 가고 싶다.

그리고 많은 사람들과 스쳐 지나고, 만나고, 헤어지고
싶다.

거리가 보고 있으리라.

책 의   신

며칠 전 서점 B&B에서 토크 이벤트를 하고 돌아오는 길에 어쩌다 한 번 들르는 정어리 전문점(스포 수준을 넘어, 실명을 밝히는 것보다 나쁠지도)에 갔다.

이 책을 함께 만들고 있는 멤버와 우리 가족, 행사 스 태프 등이 모여 일찍부터 느긋하게 마셨다.

생각해 보니, 이 책을 만드는 사람들과 술을 마시기는 처음이었다. 평상시에는 각자 바쁘게 일하는 데다 미팅을 해도 10분 정도로 끝내는, 아주 쿨한 관계이다. 잘 만나 지 않기 때문에, 가끔 시모키타자와에서 우연히 마주치면 피차 '정말 여기 있구나!'라고 말할 정도다.

그런데 마치 아주 오래전부터 같이 마셔 왔던 사람들 처럼 아무런 위화감이 없어서, 깜짝 놀랐다. 서로의 인생 에서 처음 듣는 일화가 화제가 되고서야 겨우 '아, 그러고 보니까 잘 모르는 사람들이네.' 하고 깨달았을 정도였다.

우리 머리 위에 '책의 신'이라는 공통항이 있어서 그럴 수 있으리라.

정말 곤경에 처했을 때 꿈처럼 해결책을 제시해 준 적 이 있고, 언제나 옆에 있어 주는, 그런 책의 신을 아는 동 지를 찾기가 힘든 시대가 올지도 모르겠다.

1980년대에 농밀하고 좋은 문화를 창조했던 이들이 앙 그라 밴드를 즐겨 듣는 것처럼, 나 같은 사람들이나 책도 아직은 그 생명을 이어 갈 수 있다고 생각할 테니까.

B&B 서점처럼 책의 보물 상자라고밖에 표현할 수 없 고 찾아가면 행복한 현실 속의 서점이든, 인터넷상의 가 상공간이든, 죽 진열된 책 앞에서 뭘 고를지 고민하고, 어 떤 만남이 있을지 상상의 나래를 펼치는 순간의 기쁨은

절대 사라지지 않는다.

우리는 언제나 어딘지 모를 낯선 곳으로 데려가 주는 이동 수단으로서의 책을 사랑한다. 그것도 평생 짝사랑이다.

이런 말은 좀 하기가 껄끄러운데, 그 정어리 전문점은 주문하고 싶은 것을 주문하기가 매우 어려운, 꽤 고급스러운 가게이다.(말하기 껄끄럽다면서 상당히 분명하게 말하고 있지만.)

벽에 붙어 있고 테이블에도 놓여 있는 메뉴판에는 갖가지 메뉴가 빼곡하게 적혀 있는데,

"정어리 다짐 주세요!" "감자 샐러드 주세요!"

하면,

"오늘은 다짐보다 회가 좋아!"

"오늘은 감자 샐러드보다 야채샐러드를 추천하지!"

하면서 가게 사람들이 한 치도 양보하지 않는다. 남은 식자재를 다 써 버리고 싶은 것이다.

아, 이거, 어디까지나 비유입니다(웃음)!

우리에게 '책의 신' 외에는 공통항이 없다. 그러나 책의 신의 인도를 따라 지금까지 수많은 술집을 다녔으니, 그런 정도로 당황하지 않는다.

"아니요, 오늘은 다짐을 먹으러 왔거든요."

"생야채를 못 먹어요."

그렇게 웃으면서 오기를 부리는 것도 술집에 가는 스릴과 즐거움이다.

그렇게까지 극단적인 예도 드물겠지만(웃음), 가게에 따라서 자기의 모드를 전환하거나, 살짝 오기를 부리거나, 정말 뭘 먹고 마시고 싶은지 생각하는 것 역시 인생의 한 즐거움이라고 생각한다.

획일적인 접객은 심심하다. 비슷한 느낌의 가게에만 다니면 흐름이 바뀌지 않는다. 자기 안의 아이가 따분해한다.

그런 것도 책의 신이 가르쳐 주었으니, 고맙다.

아이가 아주 어렸을 때 시모키타자와로 이사 왔기 때문에, 남쪽 출구 앞 쇼핑 거리를 걸을 때마다 서글픈 예감이 들었다. 이 인생에, 우리 가족에게, 이 기간은 가장 힘들지만 나중에 돌아보면 가장 행복한 기간이겠지, 하고.

그런데 고령 출산으로 체력이 부족한 데다 산후조리를 제대로 못 해서 왼쪽 허리가 아프고 빈혈까지 있는 탓에, 툭하면 열이 오르고 토하는 아이를 돌보는 것만도 벅찼다. 그러니 즐길 여유 따위는 조금도 없었다. 좀 더 체력이 좋을 때 낳았다면 좋았을 텐데, 이 시기를 아이와 함께 놀면서 체력으로 이겨 낼 수 있었을 텐데! 그래서 서글펐다.

그러나 귀중한 시기였던 것만은 분명하다.

마음대로 움직여 주지 않는 몸, 나를 위해 사용할 수 없는 시간, 그런 와중에 아장아장 걷는 아이에 맞춰 산다는 것은, 평생 몇 번 없을 멋진 체험이었다.

벌써 열한 살이 된 아들은 밤에 엄마와 함께 걷는 것을 무척 좋아한다.

깊은 밤 출출하면, 일 때문에 늦게 돌아온 내게,

"엄마, 뭐 먹으러 안 나가?"

하고 슬쩍 옆구리를 찌른다.

돌아보면 나도 그랬다. 나도 어렸을 때, 밤늦게 배가 출출한 아버지와 자전거를 타고 라면을 먹으러 가는 것이 최고의 즐거움이었다. 루틴에서 벗어난 시간에 평소와는 다른 일이 생기면, 설렌다. 아이란 그런 존재이다.

나와 아들은 그 시간에 힘을 내서 선술집이나 만두 가게 '오쇼'에 간다.

그는 이제 자기 입맛대로 메뉴를 고른다. 그것도 큰 변화다.

나는 맥주를, 그는 탄산음료를 마시면서 수다를 떨고 밤참을 먹고는, 손을 잡고 돌아온다. 물론 사람들이 많이 오가는 길을 걸어 조심조심 돌아오지만, 새벽 3시 정도만 아니면 안전하게 걸을 수 있는 이 나라의 고마움을 느끼면서, 추억을 만들면서 걷는다.

시모키타자와에 대하여

이미 부모님이 없는 나는 알고 있다. 머지않아, 일시적이지만 아이는 부모를 떠나 자기 세계로 간다. 부모가 아예 없는 세계다. 그곳에서 여러 가지 체험을 하는 동안, 부모는 만나면서도 만나지 않은 듯한 느낌이 계속될지도 모른다. 그리고 다시 마주했을 때, 부모의 인생은 이미 종반에 접어들어 있어, 어렸을 때처럼 추억을 소중하게 여기게 된다.

그런 일조차, 모두가 건강하게 오래 살아 있다면 그렇다는 불완전한 예측이다. 결국 인생의 묘미를 느끼면서, 지금밖에 없는 시기를 언제나 한껏 살 수밖에 없다.

아이가 어렸을 때, 근처에 채소 가게가 두 군데 있었다.

오제키 마트나 시나노야보다 가깝고, 급하게 뭘 사러 갈 수 있는 곳은 그 두 군데뿐이었다. 뭔가를 빼놓고 사오지 않았을 때, 바빠서 멀리까지 갈 틈은 없고 외식할 시간도 없을 때, 나는 아이와 함께, 또는 아이에게 "10분만 혼자 집 지키고 있어." 하고는 뛰어서 그 두 군데로 갔다.

슈퍼만큼 물건이 많지는 않았지만, 거기에는 가게 사람의 숨결이 있었다.

한 군데는 유명한 '젠바 씨'의 가게로 지금은 재건축 때문에 문을 닫았다. 또 채소 가게로 문을 열지, 다른 가게가 될지는 알 수 없다. 채소 가게 아들과 아주머니는 건너편 구멍가게에 있고, 다리가 불편한 할아버지와 원래 구멍가게를 지켰던 할머니는 이제 쉬고 있기 때문에, 삼대에 걸쳐 흐른 시간 끝에 세대가 교체되고 있다는 걸 알 수 있다. 물론 서글픈 일이지만, 그 강건함에 용기를 얻기도 하니까, 이상적인 형태라고 생각한다.

다른 한 곳은 세븐일레븐 건너에 있다. 거의 처마 밑 같은 인상의 공간에서 부부가 장사를 하고 있다. 뭘 살 때마다 일일이 말을 건네 주고, 아이에게 찐 옥수수를 주기도 하고, 같이 자잘한 동전을 세기도 하고. 거의 매일 만나다시피 했기 때문에 아저씨가 건강을 해쳤을 때는 나도 아쉬움이 컸다. 가게 문이 불규칙적으로 열리고 닫혀서, 이러다 곧 장사를 접겠다는 걸 알았기 때문이다.

한번은 딸에게서 트위터로 연락이 왔다. 과연 인상 좋은 두 사람의 딸, 현명하고 착한 사람이었다. 그때는 두 사람 다 건강한 듯해서 안심했는데.

그들이 사라지고 나서야 그 장소가 얼마나 좁았는지 알았다. 지나다닐 때마다 추운 날이나 더운 날이나 거의 바깥이나 다름없는 곳에서 장사했던 두 사람을 생각하면 뭉클해진다. 늘 불이 켜져 있고 채소가 죽 놓여 있어서, 덕분에 동네가 색감이 깊어지고 아주 넓게 느껴졌다. 거기에 사람의 힘이 있기에 그럴 수 있었다는 걸 실감했다.

이렇게 머릿속으로 선명하게 그릴 수 있는 풍경인데, 그 채소 가게가 있던 골목을 두 번 다시 볼 수 없다니.

사소하지만 모자라는 게 있을 때, 가령 자소나 과일이 없어서 귤이라도 사 올까 싶을 때, 나는 이제 슈퍼마켓까지 걸어간다. 슈퍼마켓이 두 군데나 더 생겨서 예전보다 편리하고, 사람과 접하지 않고도 물건을 살 수 있으니 바쁠 때는 아주 좋아야 하는데. 그런데 왠지 허전해서 멍해지고 만다. 이렇게 짧은 기간에 풍경이 달라졌다는 사실에 아직 적응하지 못하고 있다.

그런 생각을 하면, 이사 온 후로 더는 볼 수 없게 된 것
들이 너무 많아 놀랍다.

아이와 나는 일요일 하루만 줄곧 같이 있을 수 있어서,
아침에는 느지막이 일어나 점심을 먹고 애니메이션 「사자
에 상」이 시작되는 시간까지 걸어서 동네를 돌아다녔다.
그 무렵에 있던 가게 대부분이 바뀌었다.

많은 사람들과 약속 장소로 이용했던 남쪽 출구 앞의
스타벅스도 도토루도 이제는 없다.

계단을 통해야 북쪽 출구로 갈 수 있었던 역도 지금은
전혀 다른 모습이다.

그 당시, 근처에 내가 무척 좋아하는 집이 있었다. 큼지
막한 알로에 화분이 현관 앞에 놓여 있고, 커다란 유자나
무가 있고, 열심히 집을 지키는 귀여운 잡종견이 있었다.
거의 쇼와 시대의 분위기를 그대로 지닌 집으로, 어머니
가 집과 마당을 지키면서 자영업을 하는 대가족과 함께

살고 있지 않을까 하는 이미지였다.

마침내 그 어머니가 병으로 쓰러지고, 개도 천국으로 가고, 집 전체가 조금씩 어두워지는 과정을 나는 줄곧 지켜보았다.

그러다 긴 투병 생활 끝에 어머니가 저세상으로 떠났다는 소식이 들리자, 거의 마주친 적도 없는 사람인데 깊은 슬픔을 느꼈다.

그 어머니가 만들었던 풍경이 우리 모자의 산책길에 둘도 없는 빛이었다는 기억이 떠올랐다.

그나마 나는 그 심정을 이렇게 글로 남길 수 있다.

에세이의 형태로, 또는 소설에 다른 형태로 담을 수도 있다. 영원이라는 말은 하지 않겠다. 책의 신이 필요한 사람들이 언제까지 있을지는 알 수 없고, 그중에 나라는 존재는 아주 작은 한 조각에 지나지 않으니까.

하지만 그날 분명히 거기 있었던 사람들, 두 말 않고 오로지 살고 일했던 사람들의 흔적을 다소나마 남길 수 있다는 것이, 이 일을 하는 내게 크나큰 기쁨이다.

나이가 들면 들수록, 같은 장소에 있으면 있을수록, 경치가 겹겹이 보인다. 나이가 더 들면, 더 늘어나리라.

그 난이도가 높은 정어리 전문점(웃음)도 한없이 그 자리에 있으리란 보장이 없다. 만약 언젠가 사라진다면, 그 앞을 지나다닐 때마다 나는 가게의 흔적을 볼 테고, 그 창가에서 마주 웃었던 젊은 날의 우리를 찾으리라.

함께 살아온 음악이나 영화의 역사 속에서 이런 기분을 찾는 사람도 많을 것이라고 생각한다.

내 경우는, 대개 책이다.

반드시 소설인 것은 아니다. 나의 역사에는, 그때그때 내 마음을 울렸던 무수한 책들이 함께하고 있다. 책이 없었다면, 이 소소한 책의 바탕이 된 미니 커뮤니케이션 책자를 함께 만들었던 우치누마 씨와도 오니시 씨와도 마이 씨와도 만나지 못했으리라. 모두들 바쁘게 자기 일을 하고 있고, 돈도 되지 않는데 조금씩 힘을 합해 이어 가고 있는 그 같은 기획은 요즘 시대에 역행하는 것이라 무슨 놀이처럼 보인다. 하지만 그런 것을 만드는 일이야말로 작

시모키타자와에 대하여

은 반역이며 자유이고, 우리가 지금까지 마음의 근육을 어떻게 넉넉히 키워 왔는지를 나타내는 중요한 지점이라고 생각한다.

큰 회사였다면 기획 단계에서 벌써 수익성이 없다는 이유로 진행 사인이 떨어지지 않았을지도 모른다. 또는 어떻게든 이익을 창출하기 위해 영업력을 동원해서 곳곳에 내다 팔려 전전긍긍했을지도 모른다.

수작업으로 만들어서 동네에서 팔고, 동네를 오가던 사람이 사 주면 충분한 거 아니야? 그래서 뭘 얻는데? 음, 얻는 거는 없지. 마음의 근육이 조금 더 붙는 정도?

먹고 싶은 것을 마음대로 주문할 수 없는 가게에서, 클레임을 걸거나 가게 사람과 싸우는 게 아니라 즐겁게 대화하면서, 웃는 얼굴로 이쪽 주장을 밀고 나갈 수 있는 정도 아니겠어?

그래서 뭐가 남는데? 뭐, 아무것도 남지 않지, 때로는 먹고 싶은 것을 끝내 먹지 못하고 피곤해지기만 할지도 모르지.

하지만, 그래도 좋다고 생각한다. 그 힘이야말로 인류를 구할 수 있는 무엇이라고 생각한다.

나는 그다지 뒤를 돌아보지 않는 편이다.

바쁘다는 이유도 있으니까, 언제나 앞으로 전진.

다만 하는 일이 그래서 늘 머리 안에 아무튼 많은 것을 보존하고 있다. 진공 팩에 공기와 바람 냄새와 그때의 기분까지 모두 담아서.

그곳에 자란 나무의 종류가 뭐였는지, 하늘에 어떤 구름이 떠 있었는지, 그런 구체성은 늘 부족하니까 소설가는 그럭저럭 되었지만 증인이나 영상 작가(뭐야 이 선택!)는 될 수 없다.

무엇보다 사람 마음의 움직임을 그리고 싶었기에, 소설가였다고 생각한다.

요즘 세상에 소설가는 천연기념물에 버금간다. 보호해야 하지 않을까 싶은 사람들뿐이죠.

아주 조금만 어긋나도 모든 것이 달라지고 마는, 그런 일도 많다.

내 경우, 이번 이사가 그랬다.

전에 살던 곳은, 굳이 표현하자면 강가 같은 곳이었다.

근처에 인공적으로 조성된 강이 있는 건 맞지만, 그보다 바로 집 앞에 늦은 밤까지 차가 다니는 길이 있어 기분도 공간도 늘 활동성이 강한 느낌이었다.

그래서 깊이 잠들지 못했고, 늘 신경이 어딘지 모르게 날 서 있었다. 그리고 사람들도 많이 드나들었다.

앉아 있을 틈도 없고, 글을 쓸 때도 불안정하고, 늘 마음이 조급해지는 장소였다. 활기차다는 표현도 가능하겠지만, 오히려 아드레날린이 과도하게 분출되어서 힘차고 분주한 느낌.

어린아이를 키우기에는 어쩌면 그 편이 좋았을 것이다.

낮 시간에는 여지없이 바빴고, 아이는 유난히 열이 자주 올랐고, 부모님도 몸져눕는 일이 많아 수시로 면회와 문병을 갔고, 일은 늦은 밤에 했다.

건넛집 할머니는 쓰러지기 직전까지 내 작업실에서 마주 보이는 방에서 지냈는데, 밤낮이 완전히 바뀌어 새벽 3시에도 불이 환하게 켜져 있는 터라 왠지 마음이 든든했다. 우리 어머니도 비슷한 상태였기 때문에, 어떤 경과를 거쳐 그렇게 되었는지 족히 알 수 있었다.

'잠들지 못한다. →아침까지 깨어 있다. →낮에는 계속 자기 때문에 밤이 되어도 잠이 오지 않는다.'

이런 과정을 거쳐 야행성보다 심한 밤샘형 노인이 되어간다.

그 과정에 치매가 보태지면, 아무도 막을 수 없다.

그래서 오전에는 병원에 가기도 힘들어 가지 않게 된다. 밖에 나가지 않으니 개인적인 스케줄만 점점 더 촉진

된다.

아아, 지금 저 할머니도 그렇겠지. 기분이나마 조금이라도 즐거우면 좋겠네, 하고 생각하면서 나는 매일 밤 환한 창문을 바라보았다.

간혹 할머니가 한밤중인 2시에 창문을 드르륵 열고, 창가에 놓인 화분에 아주 당연하다는 듯이 물을 주었다. 손을 흔들어 보았지만, 어두워서 알아보지 못했다.

그런 할머니가 어느 깊은 밤에 쓰러졌다. 구급차가 왔는데 현관이 열리지 않아 사다리차가 동원되는 소동이 일었다. 그렇게 실려 간 후에는 돌아오지 않았다. 창문은 두 번 다시 환해지지 않았다.

창가의 화분이 점점 말라 가는 모습을 그저 바라볼 수밖에 없어서, 더없이 안타까웠다.

할머니가 있을 때는 파릇파릇 기운차게 자랐던 식물들.

길 건너 2층집의 창가라서, 내 마음대로 물을 줄 수도 없다. 매일 바라보는 눈앞에서, 그들은 완전히 메말라 버렸다.

나는 끝나 가는 것의 아름다움을 느꼈다.

이제 곧 우리 부모님에게도 닥칠, 언젠가는 내게도 다가올, 사그라지는 무언가의 철학 같은 것.

그런 느낌이 들었다.

그 무렵 우리 어머니의 치매도 상당히 심각한 상태였는데, 베이비시터와 옥신각신한 끝에 결국 해고하고는 어머니에게 전화를 걸어 울음을 터뜨린 적이 있다.

어머니도 아는 사람이라 그랬지만, 나는 좀처럼 어리광을 피우지 않는 체질인데 가끔 그러는 일이 있었다. 인생에서 세 번 정도밖에 없었던 장면 중의 하나가 그때, 늦은 밤 전에 살던 집의 창가였다.

나는 엉엉 울면서,

"엄마, 아직 죽지 마. 살아 있어." 하고 말했다.

어머니는 정신이 오락가락하는데도 놀랐는지,

"아직은 애쓸 거야, 괜찮아."

하고 대답했다. 그 목소리의 또렷한 울림이 아직 귀에

남아 있다.

그러나 그 후로는 거의 누워 지내다시피 했다. 그리 좋아하는 술도 마실 수 없었고(그래도 돌아가시기 전날 새벽에 소주 칵테일을 마셨으니, 정말 훌륭하다. 간은 펄펄했다. 반드시 본받고 싶다!), 누워서 텔레비전을 보는 게 전부였지만, 오래 견뎌 주었다. 약속을 지켜 준 것이다. 재미난 일이 하나도 없을 만큼 따분한 나날이었을 텐데, 그저 살아 준 것이 고마울 따름이다.

그 창가에서 밤새워 일하던 시대는 갑자기 끝났다.

부모님은 아슬아슬하게 살아 있고, 부부가 서로 도와 어린아이를 키우고, 집에 여러 사람이 드나들었던 시대다.

나름 좋은 점도 있었다.

모두가 시모키타자와에서 처음 살았던 집의 추억이다. 그리 멀지 않은 장소인데, 모든 것이 옛날 일만 같다.

건넛집 장미가 유난히 예쁜 보라색으로 피어나던 풍경도, 그 옆집 철쭉이 어엿한 울타리가 되던 풍경도, 우리 집 마당에 조그만 매화꽃이 피고 그다음 조그만 벚꽃이 피고 분홍과 빨강 동백꽃이 피는 멋진 순서도, 모두모두 가슴에 선명하게 새겨져 있다.

지금도 그 집 앞을 지날 때면 가끔 상상한다.

저 문을 열면, 바로 그 시절 생활로 돌아갈 수 있다면 얼마나 좋을까.

아직 어렸던 아이도, 막 아빠가 된 남편과 날마다 드나들었던 베이비시터의 웃는 얼굴이 있으면 좋겠네, 저세상으로 간 개와 지금은 할아버지가 된 고양이가 계단 위 기둥에 앉아 기운차게 맞아 주면 얼마나 반가울까, 그렇게 생각한다.

넓은 거실에서는 언제나 갖가지 나무가 보여 시골의 해묵은 별장에 있는 기분이었다.

어두컴컴한 부엌에서 수많은 도시락을 싸고 밥을 지었다.

언덕길을 내려가면, 새 가족이 생겨 이사 간 마이 씨가 살던 집이 있다. 올려다보면 창문에 불이 켜져 있어, 아아 마이 씨 오늘도 여기 있네, 하면서 개와 산책할 수 있다면, 하고 생각한다.

전에 살던 그 집은 본의가 아니라 주인집 사정 때문에 어쩔 수 없이 나왔던 탓에, 나는 그 집을 영원히 짝사랑하고 있다.

물론 그런 감상을 늘 품고 있는 것은 아니다.

평소에는 지금의 즐거움을 보고 있고, 새 장소에서의 즐거움도 하나둘 발견해 가고 있다.

하지만 그 시절은 돌아오지 않는다.

손 닿을 만큼 가까이 있어도, 절대 돌아오지 않는다.

그리고 나는 예감하고 있었으리라.

그 집에 살던 때는 언제나 괴로운 느낌이 있었다. 언제 이 생활이 끝날지, 언제 이 집과 이별할지. 집이 나를 좋아한다는 것은 잘 알고 있었다. 머리가 좀 이상한 사람 같은 발언이지만, 집이 나를 붙잡고 있다는 것을 알았다.

그래서 바닥을 닦을 때도 늘 슬펐다.

머지않아 이곳을 떠나게 되리란 예감이 점점 현실로 다

가오는 것을 보고도 못 본 척하는 게 괴로웠다.

그런 사태에 닥쳤을 때, 사람은 어떻게 대처해야 하는지 나는 아직도 잘 모른다.

재빨리 철수해야 하는지, 질질 끌어야 하는지.

건넛집 할머니가 어느 날 밤중에 갑자기 쓰러진 것처럼, 우리 아버지가 열이 펄펄 끓어 병원에 실려 갔다가 다시 나오지 못했던 것처럼, 어느 날 우리 어머니가 자리보전한 상태에서 그대로 저세상으로 떠났던 것처럼, 그런 날이 갑자기 온다는 사실을 어떻게 생각하면 좋은지, 인류 모두가 잘 모르는 문제이리라.

그래서 모두들 '후회 없이 살자.' 하고 '지금을 살자.'라고 하는 것이리라.

나는 깊은 밤의 창가에서 멋진 잠옷 차림으로 즐겁게 화분에 물 주는 할머니의 모습을 기억하는 정도밖에 하지 못하니까, 살아 있는 동안은 그렇게 하려고 한다.

그리고 무엇보다, 다시 돌아가고 싶을 정도로 행복한 장소가 있었다는 건, 좋은 일이라고 생각하니까.

그리고 이건 아무래도 좋은 일이지만, 요즘 시대는 금전적으로 상당한 여유가 있지 않으면(물론 없습니다! 작가는 돈이 안 되는 직업이라서요.), 집을 지어도 자기 마음대로 할 수 없는 시스템이 작동하고 있다는 걸, 이번 이사하는 과정에서 알았다.

내가 자란 시대에는, 일단 집을 짓고 나면 어떻게 주무르든 자기 마음이었고, 그걸 당연하게 여겼다.

아는 사람이고 감각도 뛰어난 목수에게 우드데크 설치와 칸막이 제거, 그리고 나무틀까지 보기 좋게 만들어 달라고 주문했는데, 부동산 사람이 집에 와서 그걸 보고는 '하고 싶은 말이 있는데 분명하게 말하기가 좀 어렵군.'이란 표정이라서 물어 보았다.

그러자, '멋대로 손을 대서 이전 상태와 달라지면, 집이 손상되었을 때 시공사의 공사상의 책임으로 몇 년간 보장되는 보상 범위를 벗어나기 때문에 무상 수리를 받을 수 없다.'라는 대답이었다. '이런 경우, 가능하면 개인적으로 아는 목수가 아니라, 보상 내용에 포함되어 있는 건축 사무소에 부탁하면 좋겠다.' 하는 뜻이다.

나는 나이도 들었고 영악하고 임기응변적인 사람이라, 보장 기간 중에 지진이나 화재로 집이 손상될 수도 있다는 상황에 맞춰 내 얼마 남지 않은 생활의 쾌적함을 포기하고 싶지 않았다. 내가 주문해서 지은 집이 아니라 만들어 파는 집이라도 전혀 상관없고 개성을 추구하지도 않지만, 자유롭지 못해서는 곤란하다. 그래서 내 마음대로 하겠다고 결심했던 터라, 몇 년의 보장 기간에 맞출 마음은 애당초 없었다. 물론 뭐가 망가지고 고장 나면 각각의 기기는 원래 발주처에 수리를 의뢰하겠지만, 앞날은 알 수 없다.

반년 후에 점검하는 사람이 와서, 그 시스템을 확실하게 이해했다.

집을 지은 사람들이 정기적으로 찾아와 문제가 있을 시에는 수리하는, 이른바 AS까지 포함해서 일을 수주해야 먹고살 수 있는 세상이라는 것.

참 힘들겠다고 생각했는데, 그 시스템에서 왠지 이런

기억이 떠올랐다. 어디까지나 왠지.

전에 다녔던 기공 치료원에서의 일이다. 어느 종교 단체 사람들이 운영했고, 중국에서 데려온 기공 치료사 외의 관계자는 모두 그 종교 단체 사람들이었다. 그리고 기공과 교정 치료를 하는 건물 뒤에는 보통 병원이 있었는데, 그곳도 같은 사람들이 운영했다.

다들 순수하고 좋은 사람들이었다. 같은 뜻으로 모인 사람들이라 사이도 좋았고, 분위기도 절대 나쁘지 않았다. 그렇구나, 그 단체에 들어가면 이렇게 친구도 생기고 적성에 맞는 일자리도 생기고, 세무사도 변호사도 의사도 있으니까 반려를 찾을 수도 있고, 편안한 일생을 보낼 수 있겠네.

좀 부러울 정도였지만, 나는 왠지 숨이 막혔다.

앞날은 정말 알 수 없으니까, 끝까지 같은 뜻으로 갈 수 있을지는 보장할 수 없다. 뭐든 부정하고 반골 정신으로 대처하겠다는 의미가 아니라, 자기 앞날조차 알 수 없는데 인생을 걸고 누군가의 생각을 믿다니, 나는 도저히

시모키타자와에 대하여

그럴 수 없다.

안심할 수 있는 제도가 있고, 어느 정도는 평생을 지켜 주지만, 일정 선을 넘으면 절대 안 되니까 얌전히, 남들과 똑같이 하세요! 하는 분위기는, 물론 오늘날 일본의 표준 이다.

요람에서 무덤까지, 왠지 그런 느낌이 조성되어 있다.

그래도 좋은 사람에게, 눈을 뜨라고 하고 싶은 마음은 없다. 그 사람에게 합리적이며 하고 싶은 일을 할 수 있다 면, 전혀 문제는 없다.

그러나 나는 단순히 '재미가 없어서' 그곳에 들어가지 않는다.

그러고 보니, 언제든 들어가지 않았다. 그리고 들어가 지 않은 사람들끼리 친구가 되어, 지혜롭게 관계를 유지 했다. 집에 약간 손을 댄 나 따위는 아직 초짜, 제 손으로 직접 많은 것을 변용하는 강적을 많이 알고 있다.

그러나 그렇게 사는 사람도 앞으로는 점차 줄어들리라. 그래서 조용히 살 수밖에 없고, 목청을 돋우어 무슨 말을 할 마음도 없다.

하지만, "멋대로 설치했지만, 그 우드데크에서 맥주를 마시면 얼마나 기분이 좋은데요.", "우리 어머니가 마지막 입원할 때까지 '퇴원하면 여기서 신나게 뒤풀이하자.'라고 했다고요." 그런 말은 두고두고 하고 싶다.

시모키타자와에 대하여

「울트라맨」과 「가면 라이더」

옛날 장난감을 수두룩하게 놓고 파는 '니초메 삼반치'라는 이름의 가게 주인이 갑자기 사망했다는 소식을 듣고, 우리 가족은 정말 슬펐고 충격을 받았다.

딱히 친하게 지냈던 것은 아니다. 취미에 관한 화제를 제외하면 그는 상당히 편협했고, 아이의 관심이 게임으로 옮겨 가 지금은 피규어나 만화영화 굿즈를 전혀 원하지 않기 때문에 그 가게에서도 좀 멀어졌다.

이렇게 자연스럽게 멀어지는 것은 어쩔 수 없지만, 주인이 아직 젊으니까 가게는 그곳에 계속 있을 거라고 생각했다.

우리 부부가 할아버지 할머니로 변모해도 그 가게는 옛 모습 그대로 거기에 있어서, 때로 궁금해지면 놀러 가 얘기를 나누는, 내 멋대로 그런 이미지를 갖고 있었다.

사망하기 직전까지 가게에서 일했다는 말을 듣고서 참 깔끔한 죽음이라고 생각했다. 자세한 사정은 모르니까 사실 이런 말도 해서는 안 되는지 모른다.

하지만 그렇게 좋아하는 것들에 둘러싸여, 게다가 가게도 마지막 순간까지 닫지 않았고, 병들어 자리보전하는 일도 없이 죽다니, 정말 대단하다고 생각했다.

어느 날, 닫힌 셔터에 부인이 남긴 메시지가 붙어 있었다. 남편이 이런 가게의 선구자였으며 좋아하는 일을 해서 행복했다고 쓰여 있어, 읽으면서 나는 눈물을 글썽이고 말았다.

몇 번이나 드나들었던 그 투명한 문은 셔터 너머에서 영원히 닫혀 버렸다. 두 번 다시 그 가게로 들어서는 일은 없다. 그걸 실감할 수 있었다.

　　　　　　　　　　　시모키타자와에 대하여

지금 방영 중인 「가면 라이더」나 5년 전까지 매주 시리즈로 방영되었던 새로운 「울트라맨」은, 아주 어렸던 때의 아이에게는 CG가 좀 강렬하고, 현대의 풍속이 과하게 삽입되어 있고, 음악이 너무 화려하고, 장난감과 연동이 심하고, 히어로가 너무 많이 등장하고, 변신이 복잡해서 따라가기가 힘들었던 것 같다.

지금은 현재 방영 중인 시리즈조차 보지 않을 정도로 앞질러 어른이 된 우리 아들이지만, 두 살 때부터 다섯 살 때까지, 정말 매일 머리가 어떻게 되지 않을까 싶을 만큼 수도 없이 옛날의 「울트라맨」과 「가면 라이더」 시리즈를 반복해 봤다.

처음에는 아빠가 옛날 생각 난다면서 보기 시작했는데, 소박하고 이해하기 쉬워 그랬는지 아이까지 점점 빠져들었다.

우리 아이가 묘한 포인트에서 쇼와 시대에 관한 지식이 있는 것도 그 덕분이라고 생각한다. 요즘 세상에, 분수 같은 기계에 오렌지 과즙이 전혀 들어 있지 않은 오렌지 주스가 들어 있고, 그런 오렌지 주스를 종이컵에 따라 파는 가게를 아는 아이는 그밖에 없지 않을까 한다.

더 자세하게 말하면, 나는 리얼타임으로 「가면 라이더」를 꽤 열심히 봤는데, 그래도 V3까지였다. 아마존은 좀 아닌가 싶어서…… 멀어졌다.

기대하면서 빼놓지 않고 「울트라맨」을 본 것은 에이스까지. 타로도 레오도 거의 모르고, 그다음부터는 모두가 비슷해 보이는, 그런 세대다.

그래서 아이가 중고 DVD를 수집해 아마존과 타로를 파기 시작했을 때 처음 봤다. 어른이 보기에는 내용이 유아적이고 너무 밝았지만, 타로 덕분에 M78 성운 사람들의 생활상을 엿볼 수 있어 조금 반가웠다. 아마존의 이국적인 벨트는 디자인도 멋져서 갖고 싶을 정도였다.

그 후의 「울트라맨」에는 일본 사람이 등장하지 않고, 「가면 라이더」는 예술학부 학생들의 졸업 작품인가 싶을 만큼 어두운 세계로 돌입하는데, 아직도 그 점에는 적응을 못 하고 있다.

지금도「울트라맨」과「가면 라이더」는 줄줄이 영화화, 예전 것들과 섞여서 놀랄 만큼 많이 제작되고 있지만, 개별적인 스토리 설정에 이르기에는 이야기에 진전이 없다. 그저 아주 많다는 선에 머물고 있다.

그때, 평생에서 가장 많이, 어렸을 때보다 훨씬 많이「울트라맨」과「가면 라이더」를 봤다. 아이와 함께 반복, 또 반복.

전대물까지 가지 않아서 정말 다행(등장인물이 너무 많아서)이라고 생각될 정도로 매일이 가혹했다. 뭐에 세뇌되는지 모르겠는데, 세뇌당할 것 같았다.

하지만 내가 어렸을 때 봤던 괴인이나 우주인을 하나하나 떠올리거나, 새로운 그들에 대해 지식이 늘어나는 것은 반가웠다. 더불어 아이는 하루하루 성장해 하지 못하던 말을 하게 되었고, 의미를 모르던 스토리를 이해하게 되었다. 같이 성장하는 듯한 기분이었고, 이대로 평생「울트라맨」과「가면 라이더」를 보게 되지 않을까? 하고 그때는 생각했다.

거의 매일 산책을 하면서 「울트라맨」과 「가면 라이더」 피규어를 뽑고, 좋아하는 괴수과 우주인, 히어로가 뽑히면 같이 기뻐했다. 그리고 돈이 있을 때는 프라모델과 피규어로 유명한 SUNNY라는 가게에 가서 비싼 것들을 구경하고 때로는 주머니를 털어 사기도 했다. 초합금 가면 라이더 가부토와 울트라맨 아키코 대원의 피규어가 아직도 내 방에 버젓이 놓여 있다. 저 아들 바보 맞네요, 덩달아 같이 놀았네요……!

오므라이스도 멋지지만 아이가 드나들기에는 가격이 비싸고, 가게가 협소한 탓에 뭘 망가뜨릴까 싶기도 해서, 짐이 적거나 꼭 가고 싶을 때만 갔다.

그리고 당시에는 쇼와 시대의 건물인 쓰유자키관이 아직 남아 있었다. 그 안에 있는 오래되고 신기한 장난감 가게를 한 바퀴 돌고는, 그때는 그 건물에 있었지만 지금은 이전해서 코페아 엑스리브리스가 된, 카페 미케네코에 들러 커피나 허브티, 주스를 마셨다. 또는 1층에 있는 프렌

치 레스토랑 레 리앙에서 마치 파리에 있는 듯한 기분으로 이른 저녁을 먹기도 했다.

그리고 마지막에는 늘 니초메 삼반치에 들렀다. 새 피규어는 없었지만, 그 옛날의 보석 같은 물건들이 아주 많았다. 바람을 불어넣는 비닐 인형, 당시 모습 그대로인 장난감. 값도 그렇게 비싸지 않고, 뒤죽박죽인 가운데 오래된 갖가지 보물이 있는 느낌이었다. 희귀품이라도, 이런 걸 아직 팔 수 있는 거야? 할 정도로 너덜너덜한 것은 가격이 쌌다.

주인은 우리 아이에게 말했다.

"머잖아 게임으로 옮겨 가겠지만, 지금은 이게 갖고 싶다, 이건 재미없다 하고 고를 수 있잖아? 이렇게 어릴 때부터 좋아하는 게 정해져 있고 또 그걸 고를 수 있다는 건, 정말 좋은 일이야. 너는 커서도 네가 좋아하는 게 뭔지 잘 고를 수 있을 거야."

그리고 뭐라도 하나 사면, 아무리 싼 것이라도 제비뽑기로 조그만 장난감을 덧붙여 주기도 하고, 꼼꼼하게 설

명해 주었다.

지금은 인터넷에서 정말 본격적인, 포장조차 뜯지 않은 새 제품, 옛날 것이라 귀중하고 반가운 장난감, 깔끔하게 정리된 옛날 물건을 쉽게 발견할 수 있다. 니초메 삼반치는 그런 장소가 아니었다. 비유하자면 동네 형의 집에 장난감과 피규어, 미국 만화에서 영웅물까지 폭넓고 수두룩하게 널려 있는데, 모두 형이 한 번은 갖고 놀았든지 싸게 사들인 것이라 부담 없이 만져 볼 수도 있고, 그 가운데 어쩌다 보물 같은 물건도 있는, 형네 집에서 재미나게 얘기하다가 마음에 든 것을 얻어오는…… 그런 이미지였다.

아이의 취미가 정말 게임으로 옮겨 가, 지인에게 받아 놓고 손도 대지 않은 가면 라이더가 필요 없어졌을 때, 남편과 아이는 니초메 삼반치에 들고 가 그냥 넘기겠다고 했다. 주인은 그냥 받을 수는 없다면서 돈을 지불했고, 아이에게는 제비뽑기를 하게 해주었다.

길에서 마주친 것 외에는, 그때가 그와의 마지막 인연

이었다.

정체 모를 장난감과 레코드가 길까지 차지하는 일도 두 번 다시 없었다.

또 몰려들어 옛날 추억을 얘기하면서 구경하는 손님도 없었다.

아마 장사가 여의치 않았을 것이다. 돈을 벌 수 있는 것도 아니고, 인터넷의 보급으로 다들 앉아서도 손쉽게 구할 수 있으니, 시대의 흐름도 그의 편이 아니었을 것이다. 그러나 좋아하는 것을 좋아하는 방식으로 늘어놓고 파는 형태가 점차 사라지고 있는 오늘날, 그 가게는 무척이나 푸근하고 정겨운 장소였다.

그 자리에 지금은 새 음식점이 들어섰다. 환하고 느낌도 좋은 가게지만, 내 눈에는 지금도 니초메 삼반치가 아른거린다. 가게나 주인의 유령이 어른거린다는, 그런 유의 불길한 얘기가 아니다. 거리 풍경에서 하나둘 사라져 가는, 그런 오래된 가게는 잔상처럼 눈동자 속에 남아 있는 법이다.

나의 가면 라이더 편력은 키바에서 끝났고, 울트라맨은 맥스까지였다. 아마 평생 더 이상의 진전은 없을 듯하다.

나는 어렸을 때 처음 가면 라이더를 보고 가면 라이더 1호로 분한 혼고 다케시에게 흠뻑 빠졌던 세대이고, 울트라맨은 내게 우주인이 있을지도 모른다는 개념을 처음 가르쳐 주었다.

어른이 되어 외국의 채널러나 초능력자를 만나, 오리온자리에서 온 사람이라느니 지구를 구해 준 우주인이 변신해서 인간 사이에 섞여 살고 있다느니 하는 얘기를 듣거나, 또 영화에서 벌레의 유전자가 인간과 섞여 태어난 괴수를 봐도 아무렇지 않은 것은 울트라맨과 가면 라이더 덕분이라고 생각한다. 오히려 위화감이 없어 걱정스럽다. 우리 일본 사람들은 '다른 세계의 존재, 우주에서 온 지능이 높고 세련된 존재가 미개한 우리를 도와 줄 것'이라는 신화 같은 사고, '그런 애정에 찬 행위가 이 세상에 있을지도 모른다.' 하는 환상을 줄곧 수용하고 있어 무섭기도 하다.

나의 영웅은 이제 새롭게 바뀔 일이 없지만, 나는 평생 어떤 형태로든 그 나날을 잊지 못하리라.

시모키타자와에 니초메 삼반치가 있었던 날들을.

어린 날의 아이와 매일 그 골든 코스를 산책했던 날들을.

남편과 아이와 나 셋의 유일한 공통 화제가 영웅이었던 날들을.

그런 날들은 두 번 다시 돌아오지 않으리라.

나는 그렇게 좋아하지 않는 것(그러나 어렸을 때 그렇게 열심히 봤으니, 보통 엄마들보다는 꽤 자세히 알고 있을 것이다.)을, 상대의 속도와 눈높이에 맞춰 시간 낭비라 여겨질 만큼 긴 시간 같이 보고 듣고 찾았던 일. 가능한 범위 안에서 조금은 돈을 들이고, 같이 즐기려 애썼던 일.

지금은 한 집에 살면서도 각자가 좋아하는 것을 따로 하게 되었으니, 당시 내 시간이 아쉬워 절절맸던 나였다면 "만세!"를 불렀으리라. 하지만 거듭 쓰고 있듯이, 상대

에 맞춰 양보하고, 시간을 무의미하다 싶게 보내지 않고
는 추억도 생기지 않으리라고 생각한다.

지금, 그 나날들을 떠올리면 정말 진하고 아름다운 결
정으로 남아 있어, 놀라곤 한다.

내가 좋아하는 것만 열심히 좇았다면, 아마 그런 결정
을 이루지 못했을 것이다.

그리고 그 결정이 있기에, 내 인생에 남아 있는 내 일을
할 시간이 이토록 고맙고 애틋한 것이리라.

이제 아이를 낳을 일도, 남의 밑에서 일할 일도 없다.
노쇠하고 병들어 아이로 돌아가는 부모에 맞춰 지내던 시
간도 완전히 끝났다.

하지만 앞으로 살아가는 날들 속에서도, 두 팔을 활짝
벌리고, "네네, 그렇게 하세요." 하며 상대에게 양보하는
일이 조금씩은 있으리라고 생각한다. 때를 봐서, 가족이
나 친구들에게 다소나마 그렇게 하고 싶다.

돈이나 육체는 쉬이 넘겨줄 수 없지만, 시간과 마음은
가볍게 양보할 수 있다면 좋겠다.

시모키타자와에 대하여

그러면 시간은 얼핏 봐서는 줄어들 듯 하지만 점점 늘어나고, 나는 피폐해질 듯하지만 점점 풍요로워지는, 그런 신비함을 다시 만날 수 있지 않을까.

그 시절의 피리카탄토 서점

아주 짧은 기간, 시모키타자와에 '피리카탄토'라는 꿈 같은 이름의 서점이 있었다.

진열된 책은 당연히 파는 것이지만, 앉아서 읽을 수도 있었다. 맛있는 음료와 술, 국적은 알 수 없지만 건강을 배려한 식사 메뉴도 있었다. 타일로 장식된 예쁜 카운터는 앉기 편하고, 온갖 것이 복작복작 널려 있는데도 왜 그런지 '남의 집'이라는 느낌이 없었다. 이런 가게는 교토 같은 지방 도시에는 많아도 시모키타자와에는 좀처럼 없었다. 집세가 너무 비싸서일 것이다.

지금 피리카탄토는 '도비라'라는 멋진 가게의 정기 휴일에만 장소를 빌려 영업하는데, 들여다보면 항상 사람들이 많아 아직 그 문을 들어선 적이 없다. 게다가 도비라는 내가 무척 좋아하는 가게지만 책이 없어서 아쉽다.

아무튼 나는 책을 좋아한다.

당연한 일이지만, 책에 둘러싸여 있으면 행복하다.

전에 미니멀리즘에 관한 외국 책을 읽고 있는데, 침대 옆에 책이 쌓이는 사람은 책이 애인이기 때문에 연애가 잘 풀리지 않는다는 말이 쓰여 있어, 웃고 말았다. 책이 애인이라, 최고네요! 하는 생각에.

최근에, 예전부터 가고 싶었던 교토의 가게 '야마노하'에 갔다.

2층은 미용실이고 3층이 카페, 부부가 운영하는 조그만 가게다. 그 부부가 친구의 친구인데, 친구가 곤경에 처했을 때 힘을 다해 애써 주었다는 멋진 얘기를 듣고서 언젠가 꼭 가 보고 싶었다.

나는 그 전날 나스에서 파리매에게 열 군데나 물린 다리가 탱탱 붓고 열도 있어서 좀 멍한 상태였다. 내 책을 줄곧 읽고 있다는 가게 사람들도 내가 갑자기 나타나자 놀라 멍해진 탓에, 서로가 기분 좋게 멍한 느낌이었다.

우리 아이는 테이블에 앉아 나의 교토 친구에게 마술을 보여 주었다. 꺄악꺄악거리는 둘의 소리가 거슬리지 않았다. 그 소리가 직접 꾸민 소박한 실내에 음악처럼 달콤하게 울려 퍼지는 가운데, 나는 맛있는 커피를 마시면서 책장에 있는 시바타 모토유키 씨가 책임 편집을 맡고 있는 잡지 《MONKEY》를 차분하게, 꼼꼼하게 읽었다. 옆에는 내가 아끼는 스태프들이, 발치에 있는 낮고 작은 창문에서 입구로 흘러가는 상쾌한 바람과 그 창문 언저리에 놓인 파릇파릇한 식물들에 대해 얘기하고 있었다.

그 모든 것이 이상적인 오후를 표현하고 있었다.

나는 교토라는 먼 장소에 있다는 것도, 오랜만에 친구를 만났다는 사실도, 그 가게에 처음 왔다는 것도 까맣게 잊었다. 여행을 하는 비일상적인 시간 속에서, 그런 순간

시모키타자와에 대하여

이야말로 가장 멋지다고 생각한다.

작은 책장과 창가에는 내가 좋아하는 스타일의 책이 진열되어 있다. 책이 연인이니, 어디에서든 나는 책만 있으면 행복해질 수 있다.

그때 읽은 《MONKEY》는 3호로, 좋아하지만 무서운 그림책에 관한 특집이었다. 해외 출판계와 뛰어난 편집자를 인터뷰한 기사도 실려 있었다. 출판업계의 불황과 전자 서적의 보급으로 많은 것들이 변해 가고 있는 지금, 일본의 기업이 점차 금전에 보수적인 태도를 보이며 예술에서 멀어져 간다는 얘기만 들리고, 나 자신도 그런 경우를 당해 답답했던 차에 좋은 환경에서 좋은 내용의 글을 읽다 보니 기분이 스르르 풀렸다.

"뭐가 디지털에 적합하고, 뭐는 종이여야 하는지, 요즘 젊은이들은 그걸 구별하는 안목을 갖고 있습니다. 지난 3년간, 시티 라이츠의 매출은 사상 최고였어요."

샌프란시스코에 있는 유명한 서점 시티 라이츠의 북 바이어는 힘주어 그렇게 말했다.

나는 이렇게 멋진 잡지를 만드는 시바타 모토유키 씨의 지적인 미소를 떠올렸다.

일본에도 없지 않다. 책을 좋아하고, 책에서 같은 것을 추구하는 사람들이. 시모키타자와에도 B&B나 기류샤 같은 멋진 서점이 있다. 7월서점이라는 헌책방도 있다. 그 외에도 많다. 한 군데씩 돌다 보면, 멋진 예술처럼 주인의 머릿속이 책으로 표현되는 것을 볼 수 있다. 책은 반드시 살아남아 우리를 구원하리라.

우리는 그저 단절되었을 뿐이고, 사이좋게 지내지 않도록 선동당하고 있을 뿐이다. 무엇으로부터? 물론 돈이 최고이며, 시민을 효율적으로 착취하는 수단만 강구하는 힘으로부터. 그 반대 지점에 있는 것이, 개개인의 뇌라는 우주를 마음껏 표현한 카페와 서점과 책일 것이다. 아주 미미하지만 가장 무서운 싹이다. 일본에서는 언제나 싹이 트기 전에 짓밟히는 유형의 자유다.

그런 거대한 흐름을 관장하는 힘을 부정할 마음은 없다. 인생관이 다를 뿐, 그들도 마음대로 살 권리가 있다.

규모는 작아도 청결하고 자기 집에 있는 것처럼 서비스해 주는 호텔(밤에 돌아오면 호텔 사람이 모두 잠들어 있거나, 갑자기 온수가 안 나오기도 하고 욕조는 좁지만!)을 좋아하는 내게는 모든 게 일관되어 있어서 따분하고 답답한 고급 호텔에도 지금까지 일궈 온 아름다운 역사와 서비스와 유지의 노하우가 있는 것처럼.

문제는 균형이다. 이쪽 세력을 적절히 남겨 두지 않으면, 창조적인 분야와 예술이 사라져 사람의 정신이 살 수 없을 테니, 결국 지구가 멸망한다. 서양에서는 상당히 오랜 기간 적절하게 기능해서 균형 감각이 어느 정도 자리 잡혀 있지만, 일본은 아직 걸음마 단계다. 그러니 우리는 어쩔 수 없이 늘 전사일 수밖에 없다.

그 잡지의 말미에 무라카미 하루키 씨가 직업으로서의 소설가에 대해 강연한 내용이 실려 있었다. 그 안에 '오리지널리티에 대하여'란 말이 있다. 지금까지 일본에 살면서, 무라카미 씨가 조우해 온 여러 가혹한 일을 나 역시 체험해 왔다. 마음에 두고 있으면 소설의 생명이 가여우니 마음을 쓰지 않고 살아왔지만, 즐겁다고는 할 수 없는 일들. 읽으면서 나는 몇 번이나 눈물을 꾹 참았다. 무라카미 하루키 씨와 나는 만나지도 않고 대화를 주고받는 일도 좀처럼 없지만, 그래서 더욱이 동지라고 생각했다. 대선배지만, 동지. 없지 않다, 분명하게 있다, 외톨이가 아니다. 그렇게 생각되었다.

그 모든 생각이 야마노하에서 지낸 한때와 함께 내 마음을 움직이고, 내 역사에 새겨졌다.

그것이 바로 개인이 운영하는 카페의 기적이다.

사람에게 그런 기적을 줄 수 있는 공간을 만드는 일.

그런 장소는 거의 작품이라고 생각한다.

도쿄에는 별로 없는, 개인의 머릿속을 표현한 멋진 작품으로서의 가게. 피리카탄토의 책꽂이를 처음 보았을 때, 내 책이 너무 많이 꽂혀 있어 황송했다. 허락도 받지 않고 사인을 하며(이런!) 즐겁게 시간을 보냈지만, 그 멋진 셀렉션에 속해 있어 그저 황송하고 기뻤다. 멋진 장소에 놓인 내 책을 보는 것은 작가가 되어 경험한 기쁜 일 중 상위에 자리한다.

오키나와에서 온 신기한 유리와 예쁜 비누도 함께 진열되어 있었다.

주인인 유 씨가 직접 만든 맛있는 자소 주스를 마시면서 내 책과 함께 있는 책들을 팔랑팔랑 넘겨 볼 뿐인데도 행복했다. 아무리 북적거려도 유 씨는 조급해하지 않는다.

만약 배가 고파 저녁을 기다리는 손님이 많으면, 나 같은 사람은 허둥댈 테고, 매일 이렇게 살 수는 없어! 하고 생각할 것 같다. 그러나 그녀는 서둘지 않고 담담하게 하나씩 일을 해 나간다. 과연 도카치의 드넓은 대지가 낳은 사람이라고 생각하면서, 그 차분함에 미학을 느꼈다. 쉴 새 없이 식사와 마실 것을 만들지만, 누가 얼마나 기다리고 있는지 미안하게 여기면서도 과하게 신경 쓰지 않고, 안색을 살피지도 않는다. 절대 비위를 맞추려 하지 않고, 기다리게 하는 대신 반듯하게 음식을 차려 낸다는 결의가 전해진다.

유 씨가 만드는 음식에는 특유의 강함이 있다. 고집스러우리만큼 똑바로 앞을 보고, 완성된 음식을 빈틈없이 상상한 메뉴다.

언제였나, 이른 시간에 갔더니 유 씨의 잘생긴 남동생과 그의 친구들이 메뉴에 없는 전골 요리를 먹고 있었다. 부글부글 끓는 전골의 모습과, 미안하다고 하고는 바로 카운터 안으로 냄비를 치우는 그들의 재빠른 행동이 귀여워, 참 좋은 가게라고 생각했다. 그런 분위기까지 품고 있는 가게였다.

어느 때, 친구와 피리카탄토 서점에 갔는데, 마침 이벤트로 마사지를 해 주는 날이었다. 나중에 실은 친구의 친구였다는 사실이 드러나는 루쓰코 씨에게 발 마사지를 받았다. 오시마가 고향인 그녀의 가뭇가뭇하고 억세면서도 엄마로서 매일 아이를 보살피는 부드러운 손은, 나와 친구 발에 쌓인 피로를 깨끗이 씻어 주었다. 번갈아 마사지를 받고, 기다리는 동안 건강한 효소 주스를

시모키타자와에 대하여

마시고, 좋아하는 책을 골라 읽으며 고개를 끄덕이고, 느긋한 오후의 바람이 불어 들고, 손님이 찾아왔다가는 나가고…… 그 가운데 언제나 차분한 유 씨의 목소리가 들리고. 도시라서 이런 식으로 시간을 보낼 수 없는 게 아니다. 가령 숲속에 있으면서도 초조하고 아등바등한다면 마찬가지겠지, 하고 실감했다.

그 무렵, 나와 친구는 사소한 일로 사이가 약간 틀어져, 다음에는 언제 만날 수 있을지, 어쩌면 오늘을 끝으로 어색한 관계가 될지도 모르는 시기여서, 더욱 소중하고 애틋한 한때였다.

그 후에 다른 친구와 피리카탄토 서점에 갔더니, 그날은 이벤트가 없고 루쓰코 씨도 없었다. 그 손이 그리웠다.

그때처럼 상쾌한 바람이 불고, 똑같이 맛있는 주스를 마시고, 나는 전에 왔을 때의 일을 생각했다. 그때 함께였던 친구도 무척 착하고 너그러운 사람이어서, 내 마음도 여유롭게 움직였다. 친구란 참 좋은 거네, 헤어짐이란 서글픈 거네, 역시 불화는 좋지 않아, 하고 순순히 생각되었다.

시끄러운 쇼핑가 한가운데에서, 딱히 넓은 공간도 아닌데, 나는 여유롭게 사고할 수 있었다.

천천히 생각할 것, 생각을 명확하게 매듭지을 것. 그런 생각들이 마음의 영양이 된다.

그때 피리카탄토 서점에 가지 않았더라면, 나는 그 친구와 화해하지 않았을 거라고 생각한다. 그 후에 그 친구와 먹은 수많은 식사와 여행을 떠나 함께 본 경치도 없었을 것이다.

그렇게 생각하면 유 씨에게 고맙다고 전하고 싶다.

차를 마시는 시간, 밥을 먹은 다음 멍하게 보내는 시간, 그런 때 읽는 책은 발견으로 가득하다. 사기 전의 책은 아직 완전히 자기 것이 아니니까, 집이 아닌 곳에서 책을 읽을 때는 다소 긴장하니까, 마음에 잘 스민다.

내가 무척 좋아하는 타이완의 청핀서점도 사람들이 바닥에 앉아서까지 책을 탐독한다. 그 공간이 고스란히, 책의 생명을 떠받치고 있으리라.

마지막으로 갔던 날, 어느 서점 앞에서 유 씨와 딱 마주쳤다. 유 씨는 가게가 없어진다는 말을 한마디도 하지 않았지만, 그렇게 우연히 만난 일이야말로 그에 상응하는 무엇이었다고 생각한다. 나는 편집자와 어디 가서 미팅을 할지 얘기하는 중이었는데, 유 씨와 우연히 만난 바람에 같이 피리카탄토에 갔다.

그 우연은 그 가게 본체(유 씨가 아니라 책의 신이라고 생각한다.)로부터 내게 보내는 작별의 인사였다고 생각한다.

맛있는 술을 마시고, 디너를 먹고, 수많은 얘기를 나누고, 나중에는 가족까지 합류해서 마지막 밤을 행복하게 지냈다.

그다음 그 앞을 지났을 때, 가게는 텅 비었고 카운터만 소리 없이 제자리에 남아 있었다. 이미 아무런 생명도 없었다. 완전히 죽어 있었다. 무슨 사정이 있었는지는 듣지 못했다. 하지만 가게의 생명을 살리려 하지 않은 힘이 있었으리라고 생각한다. 그렇게 확실하게 약동하는 것이 있다는 게 무서워서, 어찌 되었든 그 생명을 죽여 버리려는 힘이 현대에는 가득하다. 아이들이 지닌 힘도, 예술의 힘도, 날로 죽어 가고 있다. 그 폐해 때문에 실제로 인간이 계속 죽어 나가기도 한다.

언젠가 일본 사람도 예술의 힘을 깨달았으면 한다. 성숙해 가는 과정을 거쳐, 단절된 동지들이 가령 멀리 떨어져 있어도 든든히 힘을 합해 이겨 나갈 수 있으면 좋겠다. 불가능하지 않다.

우리에게는 지친 마음을 치유해 주는 멋진 가게가, 아직 많이 남아 있으니까.

시모키타자와에 대하여

천사

그 무렵 나는 상당히 절박한 상태였다고 생각한다.

너무 필사적으로, 악착같이 산 탓에 잘 몰랐다. 그런데 그 무렵을 떠올리면 가슴이 찡해져, 비로소 그렇다는 걸 알았다.

사람은 정말 절박하면, 눈앞에 놓인 일을 어떻게든 처리해야 하니까 깊게 생각하지 않는 듯하다. 그래서 자기를 애처롭게 여기기 시작하면 현실에 대항할 수 없는, 그런 시련의 시기는 누구에게나 있다. 스스로 이겨 내지 못하면 주위 사람과 병원의 도움이 필요하고, 이겨 내고 난

다음 다시 되풀이하지 않으려면 어떻게 살아야 하는지 계획을 세우는 것도 아주 중요하다.

인간은 학습하는 동물이고, 누구의 인생에든 반드시 몇 번은 그런 위기가 있기 때문이다.

그 무렵 나는 번번이 허리를 삐끗해 누워 지냈다. 허리가 아파 울면서 잠드는 일도 종종 있었다.

옛날부터 있었던 빈혈이 고령 출산으로 악화되어 면역력이 저하했다. 아이가 유치원에서 감기에 걸려 오면 나도 감기에 걸려 또 누워 지냈다.

우리 남편은 근막을 이완해 주는 '롤핑'을 하는 사람이다. 그가 롤핑을 해 주면 한동안은 그럭저럭 견디는데, 그도 바쁜 사람이라 나만 돌볼 수는 없다.

게다가 나는 항상 너무 바쁜데 아이도 안정적으로 성장하는 시기가 아니었다. 툭하면 간병으로 밤을 새우거나 병원에 가야 하는 예정에 없는 일이 생기고, 일이 밀려서 스트레스가 쌓인 나머지 한잔하러 나갔다가는 과음을 하고, 아무튼 엉망이었다. 게다가 밤을 새우고 난 아침에도

　시모키타자와에 대하여

도시락을 싸야 했다. 이는 핵가족 사회에서 일하며 아이를 키우는 현대 여성이 한 번은 반드시 경험하는 상황이다. 과거에 비슷한 경험을 했던 사이바라 리에코 씨가 멋진 조언을 해 주었다.

"아이를 유치원에 보낸 다음에는 일단 한숨 자요. 지금은 혼자만의 귀중한 시간이니까, 일을 하자고 생각지 말고 우선은 누워요."

정말 옳은 말이다. 하지만 자영업을 하는 엄마는 겁이 나서 그러지 못한다.

너무 지치면 아무 일 없는데도 그냥 눈물이 줄줄 흐르고, 외출을 하는 데도 엄청난 에너지가 필요하다. 양말 하나 고르기도 싫어서 울음이 터지고.(요컨대 우울증인 거죠. 그러나 너무 바빠서 우울해질 틈도 없으니, 증상이 심해지기 전에 어떻게든 대응하게 되죠.)

허리가 아파서 움직일 수가 없는데, 화장실에 가서 팬티를 내리는 것도 힘든 비참한 상태인데, 남편은 다른 사람의 몸을 치료하기 위해 집을 나선다……는 게 슬퍼서 견딜 수 없었다. 물론 그게 하는 일이니까 어쩔 수 없지만, 아무튼 극단적인 상태일 때는 알아도 그냥 그런 기분이 들고 만다.

한번 넘어지면 끝, 나를 대신할 수 있는 사람은 없다. 그런 위태위태한 형태의 바쁨 속에서 30년을 살았고, 그 절정이 육아를 하는 시기였기 때문에 단언할 수 있다.

그렇게 바쁜 시기는 몇 년 체험하는 것으로 충분하다, 인생에 완급을 주지 않으면 정말 죽는다!

아무튼 지금은 도시락을 싸지 않아도 되니 그만큼 편하고, 일도 작정하고 줄여서 겨우 인간으로 돌아온 기분이라 그렇게 말할 수 있지만.

잠시 쉬거나, 그냥 멍하게 있거나, 아무 일 없는데 뭘할까 하는 날이 전혀 없거나, 개인적으로 느긋하게 풀어질 시간이 없거나, 비는 시간은 있는데 겁이 나서 일을 해야 하는 인생이라면 뭘 위해서 사는지 알 수 없으니, 한시 빨리 개선하는 쪽으로 움직여야 한다. 쉴 때는 철저하게 쉬어야 뇌도 재가동할 수 있다.

시모키타자와에 대하여

아무튼 갑자기 일을 줄일 수 있는 시기는 아니어서, 요통과 빈혈은 결국 시간을 내서 롤핑과 마사지로 다스리고, 침과 한방으로 조금씩 꾸준히 치료했다.

침을 놓는 선생님에게 "결국 제 건강의 가장 큰 문제점은 무엇일까요?" 하고 몇 번이나 물었는데, 선생님은 늘 "과로죠." 하고 대답했다. 에? 느긋하게 쉴 때도 있는데, 과로라니요, 하고 생각했던 내가 얼마나 곯아 있었는지 이제는 안다. 사실은 앉을 틈도 없이 언제나 바빴는데……. 몸이 과로라는 신호를 보내면 과로인 것이다. 자기 일정은 본인이 조정할 수밖에 없다. 자기 몸이 뭘 힘들게 느끼고, 뭐는 다소 힘들더라도 견뎌 내며 할 수 있는지, 잘 파악하고 일정을 짜지 않으면 어른이라고 할 수 없다. 간신히 살아남았지만, 반성의 뜻으로 그렇게 생각한다.

아무튼 집안일과 육아가 적성에 맞지 않는 듯하고 재주 없는 내가 마흔 살에 아이를 낳고, 남편도 일로 바쁘고 친정 부모는 고령이라 전혀 도와줄 수 없는 환경에서 아이를 키우면서, 베이비시터와 가사 도우미와 집세와 부모님 의료비와 친정집의 개축 비용을 벌기 위해 정말 뼈가 부서져라 일했다. 아이까지 데리고 기저귀로 가득 찬 여행 가방을 들고, 사비로 해외 출장을 갔다.(지금 생각하면, 왜 그렇게까지 애를 썼는지 전혀 모르겠다! 아이가 없는 생활 패턴에서 벗어나지 못했던 것이리라. 그래도 추억이 많이 생겼고 노하우도 터득했으니 헛수고는 아니었다고 생각하지만.) 거의 기절할 정도로 힘들고 고독했던 시기의 일이다.

허리를 삐긋해서 도저히 슈퍼마켓에 갈 수 없었던 어느 날, 근처 책방 오빠가 우연히 찾아왔는데, 차 운전 좀 해 줄 수 있을까? 하고 부탁했다.

좋다면서 그는 나를 슈퍼마켓에 데려다주었다. 물건을 잔뜩 사 들고 끙끙거리며 주차장에 가 보니, 그는 담담하게 기다리고 있었다.

그리고 가끔씩 그에게 운전 아르바이트를 부탁하게 되었다.

그는 원러브 북스라는 서점의 주인이었다.

1960년대에서 1970년대의 신기한 책들이 많고, 책방 자체도 그의 방인지 가게인지 모를 만큼 잡다한 장소다 (웃음).

그런데도 묘하게 편했다.

그는 편협하고 싫증을 잘 내는 열혈한이지만, 심성이 착하고 상황 판단은 세계 최고, 문제가 생기면 상대가 '알겠다, 졌다.'라고 할 때까지 물고 늘어지는 굉장한 남자다.

몇 번이나 그의 상황 판단으로 목숨을 건진 일도 있다.

지진 당시에도, 재빨리 우리 집과 사무실을 점검하고, 어디 있는 공중전화가 제대로 기능하는지, 어느 주유소가 열려 있는지 파악해 주었다. 전철이 다니지 않아 부득이 하게 회사에서 며칠을 지내게 된 친구를 데리러 갈 수 있었던 것도 그 덕분이었다.

그는 규정되는 것을 거부하는 탓에, 그리고 누구와도 타협하지 않고 독자적인 사상과 독자적인 라이프 스타일을 견지하고 있어서, 돈을 버는 일도 없을 듯한 사람이었다.

적당히 거리를 두는 게 좋다 싶어, 필요에 따라 그냥저냥 운전을 부탁했다.

그와 다양한 장소에 갔다. 지금은 이미 없는 장소, 이제는 만날 수 없는 사람. 무수한 추억이 있고, 그 전부가 무엇과도 바꿀 수 없는 것이다.

그의 안정적인 운전에 나는 어이없을 정도로 잘 잤다. 그 시기, 수면은 거의 그가 운전하는 차 안에서 취하지 않았나 여겨질 정도로.

그러나 그의 책방도 올해로 사라진다.

시모키타자와를 상징하는 가게가, 또 하나 없어진다.

우리 아이가 어렸을 때는 거의 매일 그 책방에 들렀다. 차를 한잔 마시고, 작은 소품 하나를 산다. 아이는 페인트칠을 하는가 하면 엄마에게서 떨어져 그와 놀러 가는 등, 하고 싶은 것을 마음껏 했다. 동네에 그런 가게가 흔치 않은 요즘, 덕분에 멋진 시대를 보냈다고 생각한다.

나는 주위 사람들로부터 '옛날로 돌아가 생활하려는 타입'으로 여겨지는 경우가 많은데, 실은 그렇지 않다.

그 점은 옛날식 생활을 원하는 그와 맞지 않는 부분이다. 그런데도 정말 편하고 좋은 책방이었다. 마치 둥지 같은 가게.

나는 이왕 변할 거면 철저하게 변하라, 그래서 모든 게 엉망이 된다면 인류가 엉망인 것이니 어쩔 수 없다고 생각하는 타입이다. 로봇공학이나 바이오 분야가 자연을 파괴하지 않으며 지구와 인간을 건강하게 유지하는 방향에 도움이 된다면 과학은 진보하는 것이 옳다고 생각한다.

환경 파괴는 큰 문제이니, 인류의 지혜를 총동원해서 해결해야 한다고 생각하고, 원자력발전도 시간을 두고 없애야 한다고 생각하지만, 옛날로 돌아가려는 생각은 없다.

다만 향수는 넘치도록 품고 있다.

옛날, 언니가 교토에 살았을 때 흔히 볼 수 있었던, 실내가 나무로 꾸며져 있고 책이 있고 복작복작하고 정체를 알 수 없는 가게. 차를 마시며 책을 읽을 수 있고, 고민 상담도 할 수 있고, 음악도 들을 수 있고, 악기도 있고, 때로는 난로에 고구마를 굽기도 하고, 아이들이 언제든 들를 수 있는, 그런 장소가 동네에 몇 군데나 있던 시절, 삶이 훨씬 편했다.

이제 그런 가게가 기업의 힘 없이 존재한다는 것 자체가 어려워졌다.

기업의 힘이 들어가면 화려함의 규모도 커진다. 나는 그런 가게도 좋아한다.

그러나 개인의 둥지로 들어가는 듯했던 그 기분……그 자유로움과 좁음과 어떤 유의 답답함.

그런 것은 이제 돌아오지 않는다. 그렇게 생각한다.

그리운 그 가게의 더러움, 먼지 낀 텁텁함, 불편함.

왜 이런 게 여기 있을까? 하는 의문에 답이 없는, 뒤죽박죽 놓인 물건들.

그런 것들은 이제 이 세상에서 없어지리라.

안녕, 내가 살았던 시대여. 애틋하게 그렇게 생각한다.

살아 있으니, 변해 가는 것을 가능하면 즐겁게 지켜보

려 한다!

다만, 내가 살았던 시대의 패기만큼은 젊은 사람들에게 전하고 싶다.

너무 오랜 시간을 그와 함께 지내서, 그의 여러 가지 면을 알고 있다. 일로서 관계했던 만큼, 그의 역대 애인보다 결점과 장점을 잘 알고 있지 않을까.

아낌없이 사람을 소개해 주고, 폭설이 쌓인 길을 체인 없이도 그럭저럭 달리는 뛰어난 운전 기술, 클레이머의 말을 요리조리 비켜 가는 천하일품의 언변 등을 나는 평생 잊지 못하리라.

그가 책방을 하면서 차를 운전해 준 이 기간에 나는 부모님을 모두 잃었고, 친구 한 명을 잃었다.

언니가 병으로 수술하고, 부모님은 입원하고, 나는 독감 두 번에 중이염까지 앓아서 여러 병원을 한꺼번에 다녀야 했을 때, 그가 없었으면 어땠을지 끔찍하다.

아버지를 면회하러 가고, 같은 병원이지만 다른 동에

입원한 어머니를 면회하고, 라면이나 메밀국수로 겨우 요기하고는 또 다른 병원에 있는 언니를 면회하러 갔다가 내가 진료받아야 하는 내과와 이비인후과에 가는 분주한 하루가 허다했다. 그 이외의 시간에는 모두 잠을 잤으니, 그가 운전을 해 주었기에 가능한 일이었다.

아버지의 병세가 이제 회복되지 않을 것을 알면서 면회하러 갔을 때, 병실에서 나오면 언제나 눈물을 펑펑 흘렸던 나는 병원 현관에서 기다리는 그의 모습이 얼마나 위로가 되었는지 모른다.

그리고 아버지가 돌아가셨을 때, 외국에서 돌아온 나를 공항에서 픽업해 친정에 데려다준 사람도 그. 그 후에 빈소를 오가고 장례를 치르고, 출장으로 영국에 가야 할 때도 동행한 그가 운전해 주었다. 이즈의 병원에 입원한 친구를 마지막으로나마 보러 갈 수 있었던 것도 그의 롱 드라이브 덕분. 어머니가 갑자기 돌아가신 날 서둘러 차를 운전해 준 사람도 그였고, 어머니 장례식 때도 그가 운전해 주었다.

그사이에 그의 연인의 아버지까지 돌아가셨는데, 나는 미안해하면서도 그에게 운전을 부탁했다.

이 사람은 죽는다, 이제 다시는 만날 수 없다, 그러니 마지막이 될지도 모른다……. 그런 생각을 하면서 그 사람이 누운 병실 침대를 뒤로하면, 눈앞이 정말 캄캄해진다. 세상은 변함없이 돌아가고 있는데, 자기만 다른 흐름 속에 있는 듯한 그 느낌.

그렇게 슬프고, 모든 것이 믿기지 않을 만큼 잿빛에 잠긴 여러 추억 속에, 그가 운전하는 초록색 차가 언제나 나를 기다리고 있다. 그 차가 시야에 들어왔을 때의 안도감과, 차 옆에 선 그의 호리호리한 모습이 유일하게 또렷한 광경으로 내 안에 남아 있다.

감사, 그 정도의 말로는 표현할 수 없는 깊은 감정이다.

그가 가게를 접은 다음 어디로 갈지는 아직 모른다.

앞으로 언젠가 다시 운전을 해 줄지, 멀리로 이사해 만날 수 없게 될지.

아무튼 한 시대가, 그의 가게가 끝날 때 끝난다.

얼마 전에 요로 다케시 선생님의 책을 읽는데, 왜 사람을 죽여서는 안 되는가? 하는 질문에 그는 '생명은 아주 복잡한 시스템으로 작동하기 때문에 한번 파괴되면 불가역, 두 번 다시 돌아올 수 없기 때문'이라고 대답한 문장을 만났다.

정말 그렇다.

나는 세계가 그의 책방 같은, 시간을 두고 만들어진 장소를 없애는 방향으로 흐르는 것이 슬프다. 언젠가 흐름은 다시 돌아올지 모르지만, 그 책방은 돌아오지 않는다.

뭘 얻었고 뭘 잃었나, 그 점에는 늘 깨어 있고 싶다.

그리고 나는 그가, 그 기간에 신이 내게 보낸 천사 같은 존재였다고 생각한다.

한 번이라도 누군가의 천사가 되었던 사람은, 반드시 행복해진다.

그렇게 믿고 있다.

시모키타자와에 대하여

고마울 뿐인 관계

사정이 있어서 또 이사를 했다. 시모키타자와에서 역 하나 떨어진 곳으로.

그래도 여전히 가장 가까운 도시(도시인가?)는 시모키타자와이다.

내 인생 마지막 이사라고 느끼고 있어서, 여러 가지로 감회가 깊다.

어쩌면 이 집에서 죽을지도 모른다는 기분.

지금 같이 사는 동물들도 이 집에서 죽겠지, 하는 애틋한 기분.

어떤 장소에서 이런 기분으로 살기 시작하기는 처음이다. 그래서 더욱 정말 그렇게 될 것이란 예감이 든다.

이곳을 베이스캠프로 해서, 나는 이곳저곳을 다니고 다시 돌아오리라.

이 집에 처음 들어섰을 때, 옛날부터 꿈속에서 보았던 바로 그 집이라는 확신이 있었다. 그 확신을 따라 이사했다. 훌쩍 흐름을 탔더니 돈과 시간 등의 갖가지 무리수가 어떻게든 해결되었다. 내 안에 살고 있는 어린아이는, 아직 새집에 조금밖에 적응하지 못해 외롭다며 무릎을 껴안고 웅크리고 있다. 하지만 이번에는 저번 이사 때 애를 먹였던 동물들도 금방 적응했고, 일정도 자연스럽게 흘렀다. 이사는 힘들었지만 저번처럼 흐름을 타지 못한 상태는 아니어서, 타격은 극히 적었다. 이사를 도와주러 온 잇짱과 마사코 씨는 내가 소중히 여기는 것들을 조심조심 다루고 나르고 진열해 주었다.

오래전부터 알고 지내는 목수와 정원사도 성의를 다해 일해 주었다.

그들은 한겨울인데 수고를 마다 않고, 마치 자기 집 일인 것처럼 집의 형태와 식물을 소중하고 신중하게 다뤘다. 그 생각을 하면 지금도 눈물이 어른거린다.

이번에도 은행, 부동산 관계로 신기한 경험을 많이 했다. 즐겁고 행복한 일도 많았다.

현장 감독의 '커피, 고마웠습니다. 맛있었어요.' 하는 메모에 미소를 머금기도 하고, 설계를 맡은 사람의 어릴 적 얘기를 듣고는 집을 소중히 해야겠다고 절감했으며, 새집을 소개한 부동산 업자가 똑똑한 데다 재미난 사람이어서, 가족이 다 같이 팬이 되기도 하고.

몇 년 차이로 부동산을 둘러싼 상황이 여러 가지로 변했다.

아무튼 셋집이든 구매든, 아무리 주의해도 개인이 손해를 보도록 되어 있다. 어쩔 수 없다. 개인이 늘 약하니까.

장사가 다소 사기성을 띠고 있는 요즘 시대, 작게나마 위약에 대해 써 놓은 경우는 그나마 양심적이다.

예를 들어서 내가 매도한 이전 집에는 '주거의 하자 보험 10년'이라는 것이 달려 있었고, 그 명의를 도중에 변경할 때를 위해 '전매 특약'이라는 것도 붙어 있었다.

하자 보험이란 비가 새거나 부식 등의 문제가 발생했을 때, 주택 공급자의 책임이 명백한 경우 부동산을 통해 보험 법인이 수리 대금을 지불하는 시스템이다.

그러나 정작 뚜껑을 열어 보니, 만약 주택 건설업자나 부동산이 문제 제기를 하면 명의를 변경할 수 없고, 전매 특약에는 실제로 법적 강제력이 없다…… 운운. 그런 점에 대해서는 전혀 들은 바가 없었다.

팔 때는 "전매 특약이 있으니 언제든 전매할 수 있고 보장도 받을 수 있으니 염려 마십시오. 오래오래, 잘 부탁드립니다." 해 놓고서, 돈을 받은 후에는 "그건 곤란합니다. 최근에는 주택 건설업자 쪽에서도 명의 변경에 응하지 않아요……." 하고 얼버무린다.

어쩌다 근처라서 다행이었지만, 내가 만약 먼 지방이나 외국으로 이사했다면, 무슨 일이 있을 때마다 명의인인 내가 달려와 문제되는 일을 처리하고 수리 회사를 알아보아야 한다.

그런 보장이 무슨 10년 보장이라는 말인지, 전혀 모르겠다.

계약은 당신이 했으니, 당신이 마지막까지 책임져라, 뒷일은 우리는 모르겠다. 그러나 점검 등 이쪽에 득 될 만한 일은 한걸음에 달려가 하지요……. 오늘도 그들은 넉살좋게 웃는 얼굴을 하고 사기에 가까운 그런 방법으로 땅을 팔 것이다. 물론 그 부동산만이 아니다. 규모가 큰 주택 회사도 그렇게 대응한다고 들었다. 즉 그런 사기성이 일반화된 것이다.

제대로 살 수 있는 집을 지어서, 마음에 든다는 사람에게 팔아, 만약 그 사람이 다시 팔아도 제 손으로 지은 집이니 장기적으로 보살피는, 그런 시대는 아예 멀어지고 말았다. 모두가 고개를 끄덕이며 순종하는 착한 사람뿐이라 다행이네요, 하는 느낌이다. 나처럼 나이 먹은 사람은 고개가 갸웃거려질 뿐인데. 옛날이 좋았다는 얘기가 아니다. 지금이 좋은 일도 아주 많다. 다만, 이 시스템이 오래 지속될 것이라고 여긴다면 오산이다. 인간이 인간인 한, 원자력발전소 문제와 마찬가지로 인간을 우습게 여기는 쪽이 언젠가는 파국을 맞을 것이다.

전에도 쓴 적이 있는데 '인간이 인간을 인간으로' 대하지 않으면, 언젠가는 무언가가 폭발한다.

보수 점검과 결함 찾아내기가 같은 말이 되었고, 경원당하면서도 어떻게든 돈벌이를 하는 하청 업자들. 자기 손은 더럽히지 않고 뻔뻔하게 수익을 올리는 기업들.

예를 들어, 하루에 대체 몇 대나 설치하라는 거야? 할 만큼 꽉 찬 예약표를 들고 에어컨을 설치하고, 가구를 배달하고 조립하는 현장 사람들. 그들은 실수를 하면 급료가 깎이기 때문에 지치고 힘들어도 절대 실수 없이 설치하고 다음 현장에 가야 한다.

지금은 은행에서 여든다섯 살 된 노인에게 10년짜리 정기적금을 권하는 시대다.

일본은 은행원과 보험사가 노인에게서 돈을 끌어모으

기 위해 일일이 독거노인을 찾아다니는 나라다. 좋은 일을 한다는 기분으로 돈을 뜯어내고는, 입원을 해도 해당 사항이 아니면 돈을 지불하지 않는다.

이 나라는 토지가 광활한 미국과는 다르다. 같은 방식을 써서는 무리가 따른다. 그러나 일본이 아닌 다른 나라에서 속았을 경우, 일본 사람보다 무자비하지만 기분은 보다 심플한 그런 느낌이다.

일본 사람의 대단한 점은, 가끔 현장에 모든 것을 초월해 버리는 사람이 있다는 것, 그런 사람은 말단에서 세계를 바꿔 갈 수 있다. 그래서 희망을 지닐 수 있다.

'다들 그렇게 하고, 먹고살아야 하니까, 깊이 생각지 않는다.' 하는 것은 큰 잘못이다. 왜냐하면, 우리는 늘, 어떤 경우에나, 옛날부터 변함없이 '인간'을 상대로 일하기 때문이다.

가능하면 행복해지고 싶고, 안심하고 싶고, 성실한 사람과 기분 좋은 관계 속에서 지내고 싶다, 하는 인간의 바람이 동서고금을 막론하고 달라지지 않는 한, 인과응보는 절대적인 원칙이다. 굽힐 수 없는 우주의 법칙이다.

계단을 보면 언제나, 살아 계실 때 어머니가 떠오른다.

걸을 수 없게 되어, 친정 계단에 리프트를 설치했다.

어머니는 1층 손님방에서 식사를 하고 앉아 있는 게 피곤해지면 그 리프트를 타고 2층의 당신 방으로 올라갔다.

안전을 위해 울리는 '리프트가 작동하고 있어요.' 하는 노랫소리와 함께 어머니는 웃는 얼굴로 내게 손을 흔들며 '안녕!'이라 말했다.

마치 무대에서 사라지는 아이돌 같은 미소였다.

신경이 예민했던 어머니의 인생이 그렇게 늘 웃을 수 있는 것만은 아니었다는 게 안타깝다. 마지막에는 치매 때문에 늘 웃는 얼굴이었는데, 나는 그 웃음을 신의 선물이었다고 생각한다. 역시 인간은 조금은 풀어진 편이 행복하다.

그런데 나는 이사하자마자 새집의 계단에서 굴렀다.

매일 육체노동으로 몸이 지쳤던 탓도 있고, 얼이 빠졌

던 탓도 있고, 공항에 가야 해서 서둔 탓도 있었다.

아무튼 깜짝 놀라리만큼 우당탕탕 굴러떨어져, 계단에 꼬리뼈를 부딪쳤다. 거울 앞에 서서 보니 엉덩이가 넷으로 갈라져 있어 또 놀랐다(웃음)!

너무 아파서 울었더니 개가 다가와 핥아 준 것은 고마웠지만, 아무튼 앉지도 서지도 못하고, 정말 뭘 해도 머릿속에는 '아프다⋯⋯' 하는 느낌뿐이었다.

그래도 어떻게든 걸을 수는 있어서, 그대로 홋카이도에 갔다. 비행기가 착륙할 때는 비명을 지르고, 호텔에 도착해서는 열이 올라 드러누웠다. 눈발은 휘날리고 길은 얼어붙었고 기분은 몹시 우울했지만, 약속한 매직 스파이스 삿포로 본점에 갔다.

시모키타자와에도 가게가 있는 수프카레 전문점의 본점이다.

매직 스파이스의 오너 시모무라 타이잔 씨는 초능력이 있는가 하면 태국에서 유괴되기도 하는 등 기구한 운명을 살다가 스파이스 카레로 인간에게 건강을 주고 싶다는 사명에 도달했다는 어마어마한 사람이다. 가게 안 매점의 혼돈에 찬 빛처럼, 그의 세계는 무척이나 아름답고 복잡하리라.

책 한 권을 읽었을 뿐이어서 그의 사상에 대해서는 잘 몰랐다. 하지만 만나 보니 아주 명석하면서도 넉넉하고 따뜻한 사람이었다. 그의 딸은 가수 히토미 도이 씨. 그녀의 허망한 목소리를 좋아한다. 부인은 너무너무 귀엽고 언제나 해님처럼 빛난다. 화기애애한 가족이고, 자연과 함께 살아가고 있다는 느낌이었다.

너무 아파서 걸을 수도 없겠다고 여겼는데, 시모무라 씨가 지닌 운의 힘인지, 친절한 대접 덕분인지 그 가게에서 수프카레를 먹고 기운이 났다. 그 결과, 아프긴 하지만 즐거운 상태로 컨디션이 좋아졌다.

아프다고 했더니 시모무라 씨와 부인이 태국에서 사 온 귀중한 고약을 주고, 계단을 천천히 함께 내려가 주기도 해서, 나는 마음속으로 '자상한 부모'라는 것의 감촉을 생생하게 떠올렸다. 그 탓인지도 모르겠다.

처음에 나는 매직 스파이스의 카레에 들어간 야채의 양이 너무 많고, 홋카이도 특유의 단맛과, 점원들의 텐션에 깜짝 놀랐다. 관광객처럼 한번 맛보면 되려나? 생각하기까지 했다.

그런데 몇 번 들락거리다 보니 돌아가는 길에는 반드시 '오늘도 채소를 듬뿍 먹었네. 좋은 스파이스를 한껏 섭취했어. 사람을 만나 친절한 접대를 받았어.' 하는 기분이 드는 것을 알고, 점점 좋아졌다. 그 단맛이 깊은 친절로 여겨졌다. 누군가의 머릿속에서 생겨난 세계가 현실에 있는 것을 보면 언제나 즐겁다. 그 가게 안은 그런 분위기였고, 뿌리가 있다는 것을 느꼈다. 정해진 콘셉트나 '아시아적'이라는 막연한 이미지로 꾸민 것이 아니라, 모든 것이 깊은 곳에서 이유가 있어서 나온 인상.

나는 꼬리뼈가 여전히 아팠지만, 기분은 좋아졌다.

그 음식에 듬뿍 담긴 사랑, 같이 갔던 친구가 진심을 다해 헤아려 주는 태도, 시모무라 씨 부부의 친절한 격려, 바지런히 일하는 점원들, 그런 것들도 모두 사랑으로 내 마음에 배어들었으니까. 창밖은 새하얀 눈, 폭설에 익숙하지 않은 나는 한 발짝만 걸음을 옮겨도 미끄러져서 꼬리뼈가 점점 더 아파 왔지만, 그래도 왠지 안심할 수 있었다.

사랑을 받고, 고맙다는 인사를 하고, 무언가가 순환된다.

그것이 인간관계, 각자의 무거운 문제마저 풀린다. 그런 식이면, 괜찮다.

한동안 살았던 집, 전매 특약을 살릴 수 없었던 그 집도(웃음), 아주 좋은 집이었다.

나는 그곳에서 고된 이사를 체험했고, 가족끼리 의논하고, 잠을 못 잘 만큼 생각하고, 비참해지고, 후나바시 소설을 쓰기 위해 몇 번이나 후나바시를 찾아갔다.

너무 작아서 가족이 평생 살 수 있으리란 생각은 도저히 할 수 없는 집이었지만, 임시로 사는 우리를 언제나 푸근하게 안아 주었다. 아무 문제 없이, 늘 부드럽고 달고,

밝은 공기가 흘렀다.

작년 여름의 맑고 무더운 해 질 녘, 후나바시에서 지칠 대로 지쳐 세타가야 다이타 역에 도착, 걸어서 집에 돌아갔던 기억이 난다. 샌들을 신고 터벅터벅 걸어가면서 편의점 야마자키의 아주머니에게 인사를 하고, 손에는 후나바시 역에서 산 빵을 들고 있었다.

아아, 후나바시 취재가 끝났다. 왠지 슬프네, 줄곧 즐거웠는데. 앞으로 소설을 완성해 나가는 건 즐겁지만, 후나바시에 사는 듯한 기분으로 그 역에 내리는 일은 이제 없겠지……. 그런 생각을 하며 집을 올려다보았다.

여름 하늘 아래에서, 집이 싱긋 웃으며 어서 오라고 말하는 것처럼 보였다. 연잎은 활짝 벌어지고, 문패에는 가족의 이름이 있었다. 빛이 집의 한 면을 가득 비추어, 하얀 벽이 반짝반짝 빛났다.

언제나 100퍼센트, 우리를 사랑해 주는 공간이었다.

그 공간을 내놓기가 울고 싶을 정도로 두려웠다. 새로운 일은 언제든 두렵다.

나는 이번 집에서 자리를 잡으면, 또 작품을 많이 쓰리라.

이번 집은 실력파라서 느닷없이 계단에서 구를 정도였으니까, 여러 의미에서 샤프하고 지난번 집처럼 느긋한 느낌은 아니다. 어딘가 모르게 진검 승부 같은 엄격한 면도 있다. 어른스럽지 못한 우리를 관찰하고만 있을 뿐, 아직은 따뜻하게 품어 주지 않는다. 적응하려면 시간이 걸릴 듯하지만, 그런 만큼 무척 성실한 집이라고 생각한다.

이사하던 당일 밤, 텔레비전을 연결해 놓고 배달시킨 피자를 먹으면서 보다가 사랑하는 가족과 친구들을 바라보고는, 아아 역시 여기가 우리 집이구나, 하고 절실하게 느꼈다.

그럼에도 예전 집에서의 짧고 멋졌던 나날은 영원하다.

베란다에 나갔더니 이웃집 아주머니도 마침 나와 있어서, 베란다 너머로 두런두런 잡담도 하고, 동네에 떠도는 얘기도 나누고. 피차 거의 잠옷 차림이었다.

동네 모임의 회비를 걷는 할머니가 언제나 힘들어해서, 도와 드릴까요? 하면 새빨간 립스틱을 꼼꼼하게 바른 입으로 미소 지으며, "내가 이런 일도 안 하면 치매가 와요." 하고 대답했던 일.

언제나 개와 고양이와 함께 산책하던 귀여운 가족.

거리상으로는 얼마 안 되는 이동인데, 그 사람들과 같은 생활 리듬 속에서 지낼 수 없다는 것도 서운하다.

하지만 나는 위를 올려다보고, 앞을 향해 오늘을, 지금 현재를 살고 싶다.

아이가 어렸던 시절이 그립지 않은 것은 아니지만, 어렸을 때 매일 읽고 가지고 놀았던 그림책과 장난감을 보면 가슴이 뭉클해지지만, 그래도 지금의 아이를 만날 수 있어 기쁜 것과 마찬가지다.

나의 인생, 지금 내가 갖고 있는 것은 '지금'이라는 시간뿐이니까.

안녕, 작고 친절했던 나의 스위트홈. 고마웠어. 이 말은 꼭 하고 싶네.

영화

소설을 영화화하는 것은 참 어려운 문제다.

아무리 저예산 영화라도 나름의 제작비가 소요되니, 영화화하자는 얘기가 실현될 확률은 상당히 낮다.

기획 경위도 여러 가지다. 감독이 원작을 정열적으로 좋아한다, 주연 배우가 이미 정해진 상태에서 배우에 맞는 원작을 찾았다, 예산에 맞춰 그 원작을 선별했다, 프로듀서가 원작이 마음에 들어 감독에게 의뢰했다, 나라 혹은 지방자치체가 얽혀 그렇게 정해졌다, 등등.

이런 유의 정보는 공개하거나 일부는 감추기도 하는데,

시모키타자와에 대하여

나는 이 모든 사항을 두루 살핀 다음 원작의 사용 허가를 내리게 된다. 계약 조건상, 그 원작은 세계 어디에서도 당분간 영화화될 수 없기 때문에 원작자 쪽도 신중하지 않을 수 없다.

영화화가 원활하게 진행되는 경우는, 신기하게 사람이 사람을 부르는 타이밍이나 날씨까지 어우러져, 거의 별 탈 없이 처음부터 끝까지 자연스럽게 흘러간다.

최근에는 제작자 쪽에서 의뢰할 때 느낌만으로도 실현 여부를 거의 알 수 있다.

영화의 신을 움직이는 것은 오직 하나, 사람의 마음이라는 것도.

소설이 영화화되어도, 정작 작가는 기본적으로 부끄러움을 많이 타는 사람들이라 자작을 누군가가 낭독하는 듯해서 좌불안석이다.

나는 이제 아줌마가 되어 그런 일에는 완전히 익숙해졌지만, 자신이 가장 중요시했던 포인트가 다르면 조금은 투덜거리고 싶기도 하다.

나는 전적으로 감독에게 맡기는 편이지만, 간혹 '아무리 그래도 이건 좀⋯⋯.' 싶은 경우에는 일단 말해 본다.

말해 보지만, 대체로 통하지 않는다.

'작가는 여러 가지로 의미 부여를 많이 하는군.'이라고 여겨지든지, 아주 일이 귀찮아지든지, 둘 중 하나다.

나의 작품은 훌륭한 감독의 훌륭한 해석을 통해 몇 편이나 영화화되었다.

모두 잊기 어려운 멋진 영화로 완성되었다.

최대한 촬영 현장에도 걸음을 하기 때문에, 현장에 얽힌 추억도 많다.

젊은 날의 마키세 리호 씨와 나카지 도모코 씨와 함께 수다를 떨었던 추억, 걸어가는데 앞에서 다가오는 사나다 히로유키 씨가 너무 멋져서 영화의 한 장면 같았던 추억, 아직 어렸던 우리 아이가 호리키타 마키 씨와 손을 잡고 걸어가서 모두가 부러워했던 추억, 가와하라 아야코 씨의 아름다운 미소, 기쿠치 아키코 씨의 뛰어났던 옷맵시 등등.

작고한 요리타 요시미쓰 감독과 그의 부인의 감각이 넘치는 대화, 역시 작고한 이치카와 준 감독의 앵글에 잡힌 아름다운 동네, 그런 것도 인상에 남아 있다. 그들은 역시 거장이었다. 그 존재 자체가 특별한 아우라를 품고 있었다.

하지만 그것은 '나의 영화'가 아니었다. 뭐라 말하기가 어려운데, 나의 테마도 아니었고, 나의 작품도 아니었다.

「아르헨티나 할머니」도 「바다의 뚜껑」도 무척 아름다운 영화였다. 그러니까, 그것으로 충분하다. 영화는 감독의 것이니 나의 것이 아니어도 괜찮다.

나의 작품은, 극단적으로 말하면…… 줄거리만 추려 보면 정말 별거 아닌 평범한 이야기.

경치가 아름답거나, 여자아이들이 모여서 인생에 대해 애기하거나, 다소 오컬트적이거나, 마음이 따뜻해지는 설정이거나. 그래서 그런 부분을 아련한 분위기로 포착해내는 감독이 많다.

'도쿄 생활에 지친 나머지 시골에 내려가 빙수 가게나 열어 볼까 싶어서 고향으로 내려갔더니, 놀러 온 여자가 나이는 비슷한데 성격이 음울해서 처음에는 귀찮고 성가셨는데 마침내 사이가 좋아져서 서로의 재능을 발휘했으니 잘됐지, 역시 좋아하는 일을 하는 건 좋은 거야, 하는 식으로……(웃음).'

'엄마가 죽었는데 장인 기질의 아빠는 주인공의 뜻에 부합되는 반응을 보여주기는커녕 동네 어귀에 있는 미치광이 할머니의 너저분한 집에 눌러 살면서 아이까지 만들어서 어쩌자는 거야! 하고 성질을 부렸지만, 아빠에게도 생각이 있겠지 하고는 화해.'

이런 식의……(웃음).

나의 소설은 꼼꼼히 읽어야, 그 이면에서 송송 솟는 테마의 샘물을 알 수 있는 이상한 구조다.

앞의 이야기는 '바다는 알게 모르게 사람을 일하게 한

시모키타자와에 대하여

다.'이며, 그다음 이야기는 '여자는 절대 알 수 없는 남자의 파라다이스는 무엇인가? 그리고 유적이란 무엇인가?'이다.

어느 누구도 이런 테마로는 생각지 못하는 게 아닐까?

너무 비틀어서 그런가(웃음)?

물론 따뜻한 줄거리 위주로 영화를 찍는 것도 아무 문제 없다. 감독이 내 안의 밝은 부분을 그려 주는 것은 기쁜 일이다. 테마의 깊이까지 전하지 못하는 나의 필력에도 다소는, 아니 상당히 문제가 있을 것이다.

그런 점, 타인의 시각으로 자기 소설을 읽을 수 없으니 어쩔 수 없지만, 언제나 '내가 좀 지나친가 보군, 테마 숨기기' 하고 생각하는 일도 있다.

왜 숨기는 것일까?

부끄럼을 많이 타서도 아니고 뒤틀려서도 아니다. 테마는 은은하게 풍기는 정도를 좋아하기 때문이다. 몇 년이나 타인의 무의식 속에 남을 향내를 풍기게 하려면, 잊어버릴 정도로 아련한 게 가장 좋다고 내가 느끼기 때문이다.

　내가 정말 좋아하는 다리오 아르젠토 감독이 찍은 「헤드헌터」(원제는 트라우마)라는 영화가 있다.

　거식증인 여자를 돕다가 점차 그녀를 좋아하게 된 청년이 있는데, 그녀 집에서 발생한 끔찍한 살인 사건의 진상을 파헤치려다 그 자신도 살해당할 뻔하는 등, 범인을 알게 되었지만 모두가 상처를 입는다. 그럼에도 청년은 그녀를 사랑하기로 한다는 멋진 내용이다. 그러나 그 피로 범벅된 호러 포맷의 영상에 숨겨진 테마는 '부모 자식 관계에서 깊이 상처 입은 자식은 오히려 한없이 엄마를 사랑하는 법'이라는 슬픔으로 가득하다.

　그런 테마를 그렇게 그리면 영화를 평범하게 감상하는 사람에게는 절대 전달되지 않는다……는 걸 나도 안다.

　호수에서 그는 그녀가 거의 물에 빠질 때까지 찾아다니는데, 왜 그 장면의 그를 그렇게 오래 찍었는지, 왜 하필 그 장면에 아름다운 테마 곡이 흐르는지. 대부분은 그

의미를 알 수 없을 것이다.

마지막에 왜 그들은 살아 돌아온 기쁨을 포옹으로, 키스로 표현하지 않는지. 왜 레게풍 음악을 연주하는 밴드가 등장하는지. 대부분의 사람들은 카타르시스가 없다고 미진함을 느낄 것이다.

그러나, 어떤 사람들은 안다.

그가 그녀를 얼마나 사랑하는지 자각하는 장면은 거기밖에 없으니, 그렇게 긴 것이다.

그리고 정말 상처 입었다면, 사랑하는 사람의 품 안에서도 사람은 그저 몸을 떨기만 할 뿐이다.

모두에게 전달되지 않아도 좋으니, 「헤드헌터」에서 보여 준 감독의 표현법이 나를 깊이 위로해 주었던 것처럼, 정말 사람들을 위로할 수 있는 작품을 쓰고 싶다.

얼마 전까지 시모키타자와에는 리모델링을 하기 이전의 전통차 카페 '쓰키마사'가 있었다.

예쁘고 섹시한 리에 씨가 멋진 음악을 틀어 주고, 커다란 금붕어가 어항 속에서 한들거리는 여유로운 분위기 속에서 느긋하게 차를 마시곤 했다.

나는 리모델링 후의 '제2기 쓰키마사'(그때도 리에 씨가 있었다.)도, 주인이 친절하게 말을 건네 주는 지금의 '제3기 쓰키마사'도 무척 좋아하지만, 지금 그 낡은 건물에 있었던 '쓰키마사'를 떠올리면 가슴이 찡해진다. '티 차이'는 아직 없고, '레 리앙'은 있던 시절이다.

나는 유모차를 밀면서, 또는 어린아이를 안거나 그 손을 잡고서 쓰키마사에 갔다.

쓰키마사에서는 어린 손님이 오면 나갈 때 사탕을 준다.

우리 아이는 그 별 모양 사탕을 언제나 기대하고 갔다.

"아이들이 크면서, 이제 사탕은 필요 없다고 하는 날이 오더군요. 그 과정을 죽 지켜보았어요. 기쁘기도 하고, 왠지 아쉽기도 하고. 이 아이에게도 언젠가 그런 날이 오겠지요."

우리 아이에게 그렇게 말했던 리에 씨, 지금은 쓰키마사에 없다. 언젠가 돌아올지도 모르지, 하고 생각하면서

시모키타자와에 대하여

그 시절을 그립게 떠올린다.

아이는 물론 이제 사탕을 원하지 않지만, 그 시절과 다름없이 쓰키마사에서 말차 젤리를 먹고, 유자다시마 차를 몇 잔이나 거푸 마신다.

얼마 전에 웬일로 아이도 집에 있고 나도 집에 있었던 일요일, 함께 쓰키마사에 갔다.

"일요일에 엄마랑 같이 쓰키마사에 자주 갔었는데, 그립다."

아이가 그렇게 말했다.

"다투기도 많이 다투고."

내가 말했다.

"아니야, 언제나 즐거웠어."

아이가 말했다.

이렇게 커서 같이 차를 마시러 가게 되는 날이 올 줄은 몰랐네, 하고 나는 생각했다. 언젠가 그가 둥지를 떠나도, 이런 기회는 반드시 오겠지. 이 세상에 인간이 하나 늘고, 동시에 내 인생에도 깊은 친구가 하나 늘었다. 정말 신비로운 일이라고 생각한다.

내 몸속에 있던 것이 밖으로 나와 성장해서 다른 인간으로 걷고 있다. 안고 걸어야 했는데, 지금은 내 키를 넘어섰다. 이런 신비로움도 없다.

그리고 인생은 순식간에 끝나 버린다.

그렇게 생각하면, 바랄 게 아무것도 없다. 아무런 고민도 없다.

다만, 다양한 시기에 쓰키마사의 의자에 앉아 맛있는 녹차를 마셨던 기억.

그런 기억만 가장 소중하다.

그 무렵, 사진작가 와카기 신고 씨와 길에서 자주 마주쳤다.

그는 예나 지금이나 한결같이 잘생기고 말이 없다. 짧은 바지를 입은 모습으로 담담하게 걸어갔다.

갑자기 일손이 부족해져서, 아르바이트를 할 수 있는 젊은 사람이 없을까 싶어 메일을 보냈더니, 그 광활한 인맥 속에서 바로 여러 사람을 소개해 주었다. 그 가운데 한 명은 지금도 우리 사무실에서 일하는 둘도 없는 존재다. 정말 감사한다.

그가 멋진 사진을 찍을 수 있는 것은, 사물을 보는 눈이 철저하고 '자기 눈'이기 때문이라고 생각한다.

출판사와 가게까지 운영하니 언뜻 화려해 보일 수도 있지만, 그렇지 않다. 없으니 해 보지 뭐, 하는 식으로 부담 없이 움직이는 것이리라. 그저 흐름을 타고 남자답게 있는 힘을 다해 하다 보니 그렇게 되었다는 느낌이 든다.

"대개는 다 참을 수 있는데, 잠이 올 때만은 참을 수 없다."

토크쇼에서 얘기를 나눌 때, 그는 그렇게 말했다.

그가 참고 있는 많은 것을 막연하게 떠올려 보았다.

마치 아련하게 안개 낀 호수를 보고 있는 듯한, 그런 기분이 들었다.

그가 내 작품을 원작으로 찍은 영화「하얀 강 밤배」는

여러 의미에서 파격적이었다.

자기 식의 시나리오에 이미지 사진으로 만든 콜라주(이미 작품이라고 할 수 있을 만큼 아름다웠다.)로 시작, 촬영도 겨우 일주일 만에 끝. 음악의 힘을 거의 빌리지 않고, 카메라를 움직이는 감독의 느낌에만 의지해 찍는 다큐멘터리 같은 수법.

그러나 거기에는 내가 젊은 날에 그 작품에 담은 정신이 그대로 표현되어 있었다.

'젊은 나르시시즘이 겨우 그녀를 지탱하고 있지만, 그녀는 너무 착해서 누군가의 행복과 슬픔에 끼어들지 못한다. 가령 그 선함이 그녀를 죽인다 해도, 사랑하는 사람에게 도움되는 자신으로 있고 싶은 것이다.'

'친한 사람이 자살하면 영원히 대답 없는 커다란 물음표가 부연 어둠이 되어 자신을 뒤덮는다. 그렇게 되면 마음이 점차 텅 비어, 절반은 저쪽에 있게 된다.'

그 소설을 쓴 젊은 날의 나는 그런 말을 하고 싶었다. 그런 좋은 자세로 살려는 사람에게는 은총이 찾아오니까 꼭 잡으라는 말도.

와카기 씨는 마음의 어둠을 헤쳐 나가는 너덜너덜한 히어로 같은 주인공(안도 사쿠라 씨의 귀여운 얼굴이 화면에 잘 드러났다.)을 밀도 있게 포착했다.

지금까지 내 작품이 영화화될 때마다 무척 고맙기는 했지만, 내 머리가 좀 이상한지도 모르겠다는 생각을 하곤 했다.

그렇게 엄청난 감독들에게 테마가 전해지지 않는다면 누구에게도 전해질 리가 없다. 하지만 영화는 영화, 감독의 다양한 감상을 고맙게 받아들이면서 앞으로도 세계를 그려 나가겠다고 생각했다.

나 자신도 소설과 같지 않고, 와카기 씨 역시 그렇다. 각각 다른 해안에서 한가운데 있는 소설을 향해 뛰어들어, 깊은 바닷속에서 만난 듯한 느낌이 들었다. 뛰어난 번역가를 만났을 때와 유사한 감촉이었다.

그래서 나는 깊은 곳에서 위안을 받았다.

누구 한 사람이 영상으로 정확하게 번역해 주었다면 나

머지는 모두 제각각이어도 좋다, 딱 한 편이라도 좋았다.

와카기 씨가 와카기 씨만의 촬영 기법으로, 누구에게도 의지하지 않고, 나와도 의논하지 않은 채 소설 속으로 침잠해 찾아낸 무언가가 옛 모습 그대로 살아 있었다. 작품도 기뻐했고, 와카기 씨도 기뻐했다.

이렇게 꿈같은 일이 있으면, 역시 쓰기를 잘했다고 생각하게 된다.

와카기 씨와 B&B에서 토크쇼를 한 다음, 잡지 촬영을 위해 시모키타자와 거리로 나갔다. 그 짧은 시간에, 옛날에 우리 아이는 아직 어리고, 와카기 씨는 아직 아이가 없었던 무렵, 시모키타자와 거리에서 자주 마주치곤 했던 일이 떠올랐다.

나중에 완성된 사진을 보니, 평소의 시모키타자와에 있는 평소의 내가 사진 속에서 방긋거리고 있었다. 그가 아니면 찍을 수 없는 사진이었다.

정주? 이동?

살다 보면 옷은 반드시 더러워지고, 빨랫감이 생긴다.

돌아다니면 먼지가 일고, 방도 지저분해진다. 화장실 같은 곳은 유난히 더러워진다.

나는 화장실이 얼마나 더러운지 모르는 사람과는 얘기가 안 통할 거라고 생각한다. 그 정도로 알고 모르고에 따라 인생의 형태가 다르다. 얼마나 품을 들여야 화장실이 인도의 절간 화장실처럼 되지 않을 수 있는지를 아는 것은 무척 중요한 일이다.

무언가를 먹으면 반드시 쓰레기와 더러워진 컵과 접시

가 생긴다.

호텔에서 살거나 항상 비행기를 타고 있거나, 가사 도우미가 있어서 그런 수고를 하지 않아도 되는 경우는, 그만큼 돈을 지불하고 여유가 있어야 가능하다.

가령 남자이고 부인이 그 모든 것을 해 주는 경우는, 부인에게 돈을 지불하고 있는 상황이나 다름없어서 하지 않아도 될 뿐인 때가 많다.

시간이 흐르고, 몸이 있는 한, 인간은 자기 주변 일을 하지 않고는 살아갈 수 없는 생물이다.

그런 수고를 최대한 줄이려고, 거의 아무것도 지니지 않은 채 늘 이동하는 생활을 실행하는 사람도 간혹 있는데, 그런 패턴을 삶의 방식이며 생활의 중심으로 삼을 정도가 되면 큰 문제이다. 그야 당연히 그럴 수밖에.

또 자기 주변 일을 철저하게 하지 않는 사람도 간간이 있는데, 사회문제로 발전해 구청에서 사람이 나올 정도이니, 그렇게는 오래 기능할 것 같지 않다.

현대에는 자기 주변 일에 대해 어떻게 생각하고 어떻게

대처하는가, 그 문제가 거의 그 사람의 개성을 말해 주는 듯한 기분이 든다.

생활 속의 정리, 물건이 망가지면 수리하거나 교환하는 것(인체를 포함해서)은 흐르는 시간이 지닌 모든 성질을 나타내기 때문이다.

사람마다 각기 대처하는 방법이 다르니, 사람의 체험이 알고 싶어진다. 좋았던 체험은 더욱 그렇다. 그래서 미니멀리즘이나 노마드 라이프에 관한 책이 그렇게나 인기가 있는 것이리라.

나는 모든 일에 있어서 임기응변식(좋게 말해서. 나쁘게 말하면 절조가 없어서.)이라, 자신의 그런 부분에 대해서 심각하게 고민한 적이 없지만, 사람들의 체험담을 듣는 것은 무척 좋아한다.

예를 들면, 옷이 구겨지는 게 싫어서 안전벨트도 싫다, 속옷까지 다림질을 한다. 한 번 입은 옷은 티셔츠든 뭐든 전부 세탁소에 맡긴다는 사람의 얘기를 들으면, 그 철저한 태도와 함께 거기에 드는 비용과 시간에 감탄한다. 동시에 실제로도 나와는 달리 주름 없는 옷을 반듯하게 입고 있으니, 삶의 양식이 드러나서 성공적이라고 생각한다.

장르가 음식으로 바뀌면, 얘기가 조금 달라진다.

더러워지는 게 싫어서 식생활을 편의점에서 산 것으로 해결한 후에 남은 쓰레기만 버린다는 사람을 보면, 과연 합리적이기는 한데 그 비용도 만만치 않을 테고 길게 보면 건강을 해칠 것 같다. 건강이 망가진 후의 플러스 마이너스는 어떻게 될까? 하고 생각한다. 오히려 간단하게 현미 채식을 하는 게 좋지 않을까? 하고.

목욕을 하고 나서 욕실 전체를 뜨거운 물로 씻고 수분이 남지 않게 걸레로 닦아서 곰팡이를 방지한다는 사람도 있는데, 그런 사람에게 아이가 생기면 과연 어떻게 될까? 하는 생각도 든다. 우리 아이는 욕실에 개똥이 있어도 그 옆에서 태연하게, 그것도 이상한 시간에 샤워를 하고는 젖은 채로 욕실에서 나온다.

아니지! 그런 사람들에게는 그렇게 칠칠치 못한 아이가

시모키타자와에 대하여

안 생기나…… 웃음!

　그런 생각을 하던 어느 날, 어린 시절 친구 집에 놀러
갔다.

　그녀는 사는 곳이 칸칸이 나뉘어 좁은 것은 싫다, 자기
방은 없어도 된다, 아무튼 널찍하기만 하면 뭐가 어떻든
상관없다는 사람이다.

　장소는 어디든 괜찮고, 본 적 없는 곳에서 사는 것이
좋다고 늘 말했다. 그리고 집 안은 항상 혼돈스러웠다. 그
런데 그 혼돈이 뭐라 말할 수 없이 절묘한 균형감을 지니
고 있었다. 이사를 자주 해야 하는 직종의 집안에서 자라
그런지, 그녀 세계에는 이사를 하게 되어도 전혀 힘들지
않은 단순한 스타일이 확립되어 있었다. 그렇다고 정리가
잘되어 있는 것은 아니다. 어디까지나 자기가 중시하는 기
능성 위주다.

　초등학생 시절에, 이사하기 전날인데 그녀가 너무도 차
분해서 깜짝 놀란 적이 있다.

"슬슬 짐을 싸는 게 좋지 않겠니?"

소심한 내가 그렇게 묻자, 그녀는 "괜찮아, 이렇게 이렇게 하면." 하면서 종이 상자를 하나 조립해서, 서랍 하나의 내용물을 거기에 그대로 엎었다. 물건을 더 넣을 수 있는데도 상자를 덮고 '첫 번째 서랍'이라고 썼다. 그렇게 해야 이사 간 집에서 손쉽게 원래 상태로 돌아갈 수 있다고 한다.

나는 감탄하고 말았다.

그렇구나. 한곳에 눌러사니까 정기적으로 정리 정돈할 필요가 있는 것이지, 이렇게 자주 이동하는 사람은 어떻게 생각해도 좋은 거구나. 살아가면서 각자 자기 상황에 따라 자기 재량으로 바꿔 가면 되는 거구나, 하고 깨달음을 얻은 기분이었다.

그리고 그녀 집의 그 뭐라 말할 수 없는 혼돈의 법칙을 그럭저럭 이해하게 되었다.

지금 그녀에게는 남편과 두 아이가 있고, 그 가족은 그녀의 방침에 따라 널찍한 아파트에서 살고 있다. 전에 살던 사람이 방 두 개를 터서 공간을 넓혔다고 한다.

테이블 위에는 테이블에 있을 법한 온갖 것들이 자연스레 놓여 있거나 쌓여 있다. 귀이개에서 찻잔, 노트, 전자계산기, 게임기 등등. 하지만 절대 불결하지 않다. 청소를 하지 않는 것은 아닌 듯하다. 유리문이 달린 장식장 안에도 다양한 것들이 공존한다.

딸이 테이블로 다가와, 선 채로 이것저것 위에 놓인 게임기로 아무렇지 않게 게임을 시작해서, 이 집에서는 균형감이 당연한 것이라는 사실을 또 한 번 절감했다.

그녀 가치관의 하나였던 합리적인 혼돈이, 지금은 가족 전원의 일반적인 상태로까지 확대되었다. 그 점이 정말 굉장하다고 생각했다.

언제나 최소한의 것밖에 하지 않지만, 그 최소한은 절대 불평하지 않고 반드시 한다는 지금까지의 그녀 삶의 방식과 모든 것이 겹쳐진다.

아무리 모두가 기대하는 일이라도, 그녀는 아무 주저 없이 거절한다. 그런 때의 그녀는 심하게 냉담하다 싶을 정도로 "이건 안 해도 된다고 생각한다." 하고 말해 사람들을 놀라게 한다. 어디까지나 그녀가 생각해서 내린 결론이라, 망설임이 없다. 늘 오락가락하는 나는 조금 서운하면서도 '참 대단한 삶'이다 싶어 혀를 내두른다.

하다못해 남친이 찾아올 때마다 "와 준 것은 고맙지만, 내가 밥 짓는 동안에 텔레비전을 보거나 뒹굴뒹굴하면, 여기 하숙집 아닌데 싶은 생각이 든다고." 하고 정색하고 말하는 사람이다.

아무 기대도 환상도 사랑의 속삭임도 없는, 불필요한 것은 전혀 하지 않는 삶의 방식, 사고방식도 있기는 하다고 생각된다.

한편 언제나 환상과 망상이 그치지 않는 나의 혼돈은 요즘 와서 조금씩 변화에 떠밀리고 있다.

지금 당장 '달인'이라도 모셔 와서, 어떻게 하면 시간을 허투루 사용하지 않으면서 집안일을 할 수 있는지, 한 수 배우는 편이 좋겠다 싶을 정도로 나는 종일 집안일에 쫓긴다. 빨래가 끝나면 말리면 되고, 설거짓거리가 쌓이면 설거지를 하면 된다. 강아지 화장실이 더러우면 청소하면 되고, 책이 쌓이면 정리하면 된다.

그런데 예를 들어, 기름이 묻어서 따로 씻어야 하는 접시가 있고, 갑자기 과일이 세 상자나 배달되고, 하루에 책이 서른 권이나 날아오고, 개의 화장실 위로 거북이 지나가 복도까지 더러워지고, 로봇 청소기가 화장실에서 비켜난 강아지 오줌을 온 집 안에 고루 묻히고 다니고, 그러는 동안에 고양이가 테이블클로스에 토를 게워 놓는 등, 갖가지 일이 있다. 그렇다 보니 모든 일이 점점 어긋나고 뒤로 밀려, 소설 쓰는 시간을 압박하는 것이 나의 일상이다. 이것저것 하면서 청소도 집안일도 한차례 다 했다 싶으면 벌써 저녁때다. 실로 비합리적이다.

다이자와에 집을 빌린 것은, 살던 집에서 대형견이 죽어 집 안의 모든 것이 견딜 수 없어진 데다 아이가 태어나 공간이 부족해졌기 때문이었다.

가미우마 집에서는 10년을 살았다. 전에도 쓴 적이 있는데, 주인집과 마음이 잘 맞아 아무튼 느긋하고 행복하게 지냈다. 집세는 좀 비쌌지만, 그 대신 뭐든 할 수 있는 낙원 같은 생활이었다.

한번은 주인아주머니에게 "제가 세인트버나드를 키운다면 어떻게 하실래요?" "말은?" 하고 농담으로 물어봤더니, 아주머니는 아주 진지하게 "좋지." 하고 대답했다. "뭘 키우든, 뭘 하든. 베란다에서 마음껏 고기를 구워 먹어도 되고."라고. 요즘 세상에 그런 사람은 없다. 즐거웠다. 그렇다고 내가 요란스럽게 산 것은 아니지만, 규제가 없어 자유로운 기분이 좋았다.

다만 육지 거북의 오줌이 아래층에 사는 주인집 천장으로 샜을 때는 반성하고, 육지 거북을 다른 곳에 보냈다.

여러 경험을 거쳐 생활의 달인이 된 지금은 예전 집의 비합리적이었던 수납 상태를 얼마든지 개선할 수 있겠지만, 당시에는 혼자 살던 장소에서 가족과 함께 살려니 아무래도 비좁을 것 같았다. 그러니 이사를 하는 것은 당연한 선택이었다.

왜 이렇게 집에 집착하는지, 내가 여자여서일까? 집에서 일하는 시간이 많아서일까?

해외에서 일하는 경우도 많으니, 도쿄의 집은 오히려 규모를 줄여서 노마드처럼 사는 게 세금 관련해서도 가장 합리적이지 않겠냐, 하는 말을 자주 듣는 내가 왜 그런 라이프 스타일을 선택하지 않고, 아직도 시모키타자와에 붙박이로 사는지는 잘 모르겠다.

한 가지 이유는, 동물을 정말 좋아하기 때문이다.

나이가 들면 점차 이동이 버거워질 것이라는 생각도 있다. 대형견이 죽은 후 집을 옮겼더니, 어째 그 아이까지 그곳에 두고 온 것 같아서 이제 더는 이사하고 싶지 않다고 절감했기 때문인지도 모르겠다.

그리고 이렇게 청소를 열심히 하는데도, 이사를 나갈 때는 동물이 함께 사는 만큼 더러워진 곳이 많아 언제나 주인이 화를 내면서 잔소리를 했다. 그런 잔소리에도 지쳤다. 아 물론, 가미우마의 아주머니는 조금도 화를 내지 않았다. 수리 비용이 내가 깔고 들어간 보증금보다 많았지만, 오래 즐겁게 살았으니 그 이상은 필요 없다고 했다.

나는 동물을 '존경한다.'라고 해도 과언이 아니다.

인간보다 훨씬 대단한 부분이 있기 때문이다.

동물의 가장 이상적인 죽음은 노쇠로 인한 죽음이다. 죽기 직전까지 비틀거리며 화장실에도 가는 등 평소와 다름없이 지내다가, 점차 입이 짧아지지만 깡마른 선까지는 가지 않고, 때가 오면 가족이 모이기를 기다렸다가 다 모이면 "그럼 안녕." 하듯이 숨을 거두는 죽음.

나는 그런 죽음을 몇 번이나 경험했다. 언제나 슬펐고, 함께 지낸 세월이 긴 만큼 상실감도 컸지만, 나중에는 상쾌한 바람 같은 존경심이 생겨나는 죽음이었다.

한편, 그렇게 죽어 갈 수 있는 인간은 과연 몇이나 될지. 인간은 욕심이 과하다. 그렇게 생각하다 보면 동물이 점점 더 좋아진다.

나 역시 그렇게 죽을 수 있기를 바란다. 그러나 번뇌가 많으니 고통을 겪다 죽으려나, 하고 조금은 두렵기도 하다. 죽음보다 자신의 번뇌와 마주하게 될 것이 두렵다.

그렇게 좋게 죽었을 때, 아직 살아 있는 것인지 죽었는지 모르는 상태에서 그대로 집 안에 있으면서 친근한 사람들을 두루 바라보고, 그리고 만약 가야 할 장소가 있다면 누군가가 데리러 와서 같이 떠나가는…… 그리고 가끔 어떻게 지내나? 싶어 놀러 오기도 한다면, 같은 장소에 계속 있는 편이 자연스럽겠다는 생각이 들었다.

우연히 노다 사토루의 만화 『골든 카무이』를 보다가, 정주와 수렵을 위한 이동이 섞인 아이누 사람들의 생활상을 보고서 모두가 '내일은 오늘을 사는 것처럼 살 수 없을지도 모른다.'라는 것을 아는 삶을 살아야 한다고, 사실은 지금도 그렇게 살아야 한다는 생각이 강하게 들었다.

그리고 죽으면 죽었다는 것을 잊고, 한동안 지금까지의 삶을 떠돌면서 꽤 좋게 살았군, 하고 만족하는……. 그러고 싶다.

영웅들

내가 시모키타자와에 운명적으로 끌린 그날, 쌍둥이를 안은 평소의 시나 씨와 아유카와 씨를 봤다는 건 앞에서 썼다.

그들의 모습은, 이 자유로운 동네에 사는 사람은 이렇게 자기들이 원하는 형태로 어른이 되어도 된다는 것을 웅변하고 있었다.

신기한 일이지만, 그 집과 지금 내 사무실이 있는 장소는 바로 지척이다.

나는 그 약간 언덕진 길을 오르내릴 때마다, 그날의 네 사람을 떠올린다. 마치 사진을 쳐다보듯, 마음속에서 꺼내 바라본다.

그리고 그날의 나를 떠올린다. 앞으로 자신이 살게 될 동네와 운명적으로 만난 순간이다.

친구가 언니와 함께 자유롭게 사는 곳에 멋모르고 자리 왔던 그날의 나. 회사에 다니는 언니의 루이뷔통 핸드백을 동경했던 스무 살의 나.

그 자매가 하숙했던 집도 아직 근처에 있다. 내가 그날 올라갔던 계단도 그대로 거기 있다.

그 자매가 열쇠를 잃어버렸는데, 밤이 늦어 주인집도 자고 있을 터라 집에 들어가지 못하고 밖에서 부모 집에 전화를 걸었더니, 그 밤에 시즈오카에서 차를 몰아 열쇠를 전해 주러 온, 우리 사이에서는 전설의 '딸바보 아빠'도 저세상으로 떠났다.

그때 나는 젊었고, 정신없이 놀지는 않았지만 뭘 배우고 있는지는 몰랐다. 어디에 살고 싶다는 건 꿈같은 얘기에 지나지 않았고, 여권을 만들자는 생각조차 없었다. 나

자신의 인생을 직시하지도 못했다. 어떻게 살고 싶다는 생각도 없었고, 일단은 작가가 되자, 아무튼 문장의 프로가 되자, 그러면 소설이 나를 어딘가로 데려다줄 것이라고 생각했다.

절반은 정말 그렇게 되었다. 아니, 절반 이상일 수도 있다. 소설은 어느 틈엔가 나를 전 세계의 온갖 곳으로 데리고 갔고, 전 세계 무수한 사람들의 눈물과 미소를 보여 주었다.

그러니 그냥 축복받았다거나 부럽다고 하고, 재능이 이끌어 주었으니 족하지 않으냐 하는 사람도 많을 것이다.

그러나 나의 인생은 과연 어떨까? 내가 원했던 나의 생활은?

온 힘을 다해 달려왔던 나는 소설을 쓰는 것과 내 인생이 등호가 아니라는 사실을 요즘에야 겨우 절실하게 깨달았다.

'지금 그 젊었던 시절로 돌아갈 수 있다면'이라는 누구나 하는 후회를 나 역시 품으면서, 지금부터 남은 시간,

마음껏 즐기겠노라!라고 생각하고 있다.

　그때보다 재력도 인기도 체력도 없을지 모른다. 하지만
그런 게 문제가 아니라는 것을 나는 처절하게 깨달았다.
재력도 인기도 체력도 있었는데, 나는 언제나 자살 직전
의 상태에 있었다. 그걸 깨달은 지금, 남은 시간은 신이 내
게 준 시간이다.

　그렇게 생각하면, 행복한 나머지 황홀해진다.

　깨달아서 다행이다. 그리고 앞으로의 글은 전부, 나처
럼 인생의 모습이 보이지 않았던 사람이 깨달음을 쌓을
수 있도록 쓸 수 있다면 좋겠다고 생각한다.

　그 자매 집에 묵었던 날에서 20년 이상 지난 어느 여
름, 나와 우리 아이와 친구는 음악 페스티벌에 갔다.

　한동네에 사는 소카베 게이치 씨와 오래전부터 친분이
있는 스즈키 게이치 씨가 출연하는 데다, 아이도 환영하
는 낮 시간의 축제이고, 마지막 무대는 그 유명한 옐로 매
직 오케스트라여서 아이를 데려가도 괜찮지 않을까 했다.

그날은 정말 유례가 없을 만큼 더웠다.

셔츠를 벗어 던지고 탱크톱 차림에, 페트병의 물을 머리에 끼얹을 정도로 더웠다. 아이는 계속 빙수를 먹어 대며 더위를 견뎠고, 친구는 모자를 줄곧 쓰고 있었다.

소카베 씨 순서가 끝난 다음부터는 느린 템포의 밝은 음악이 연주되어 우리도 덥지만 잔디밭에 드러누워 있었다.

지금도 그 순간을 기억하고 있다.

갑작스러운 기타 소리에 화들짝 놀라는 순간, 저녁 햇살에 금색 빛이 섞이고 환성이 일었다. 무대에서 번쩍거리는 라이트가 우리를 비췄다.

거기에 록 스피릿 충만한 시나 씨가 아유카와 씨를 비롯한 록 밴드 로케츠를 거느리고 서 있었다. 찬란하게 빛났다. 그 작은 몸에서 터져 나오는 허스키한 목소리, 가사가 작열하고, 밴드도 폭발적인 음량으로 로큰롤을 연주했다.

옛날에 봤을 때보다 그녀는 몇천 배, 몇만 배 엄청났다.

만들고 연주하는 음악과 삶이 단단히 함께하고 있기

시모키타자와에 대하여

에, 그녀는 한 점 티끌 없이 태양처럼 빛을 뿜어 내고 있었다. 그리고 아유카와 씨도 그림자처럼 뒤로 물러나지 않고 당당히 거기 서 있었다.

나는 그때 하나의 기적을 보았다.

더위도 장소도 시간도, 나 자신도, 모든 것이 날려 가고 말았다. 그런 것이 바로 록이다.

그들의 라이브가 얼마나 대단한지, 우리는 잘 모르고 있었다.

무엇이든 인터넷이 가르쳐 주는 시대이기 때문에 더욱이, 자기를 고양하는 정보는 이렇게 하나하나 자기 몸으로 운명을 조종하면서 모아야 한다는 것을, 나는 순간적으로 배웠다.

눈에 들어오는 정보를 무심히 보고만 있어서는 절대 알 수 없는, 이렇게 몇십 년 동안 멋지게 살고, 자기 재능을 발전시켜 나가는 사람들이 아주 많을 것이다. 아직 모르고 있을 뿐. 나도 해이해져서는 안 된다, 희망을 버려서는 안 된다.

내가 이 폐쇄적인 사회에서 살기 어려워 홀로 싸우고 있다고 느낄 때도, 이 사람들은 묵묵히 연주를 한다.

그들 역시 언제나 즐겁고 멋진 것은 아니다. 그 긴 시간 동안에는, 상상을 넘어서는 고난도 있었을 것이다. 하지만 아이를 키우고, 컨디션을 관리하고, 경제적으로도 잘 꾸리면서 살고 싶은 인생을 살아온 것이다.

그런 여러 가지가 노래와 연주에 다 담겨 있었다.

시나와 로케츠는 이 순간을 위해 목숨을 불태워 왔다고 말하고 있었다.

그 후로 또 몇 년이 지나, 시모키타자와에서 예순한 살 나이에 세상을 떠난 시나 씨의 장례식에 참석했다.

차가운 비가 처량하게 내리는 저녁이었다.

시나 씨와 나는 정식으로 만난 적은 없지만, 같은 동네에 산다는 걸 영광으로 여기고 있었고, 시모키타자와에 살게 된 한 계기가 되었던 것도 감사하는 마음이었다.

꽃에 에워싸인 사진 속 시나 씨의 웃는 얼굴은, 역시

그날처럼 빛났다.

후회 없이 산 사람의 대단함은 영원히 사라지지 않는다.

거기에 한 점 티끌 없는 아우라를 풍기며 아유카와 씨와 딸이 앉아 있었다. 담담하게, 한 생명체처럼 붙어서.

무척 슬플 것이라고 생각했다. 좋은 시절은 다 끝난 것만 같은, 그리고 이 세상에 이제 즐거움은 없을 것만 같은 기분이 들 것처럼.

그런데 아니었다. 장례식장을 뒤로한 내 안에, 뭔지 모를 따뜻한 것이 불을 피웠다. 그 불이 나를 안쪽부터 따뜻하게 덥혀 갔다.

아주 신비로운 느낌이 들었다.

그리고 나는 친구와 차분하게 얘기를 나누고, 놀러 온 언니와 식사를 하고, 살아 있음을 실감했다. 내 안에 평소 있는 잡음 같은 것이 사라졌다. 잡음만 가득한 이 인생, 잡음이 전혀 없도록 사는 사람을 보면 뭐라 말할 수 없는 애처로움을 느끼지만, 나 자신도 조금씩 잡음을 없애 갈 수 있을 듯한 느낌마저 들었다.

나의 장례(아마 하지 않겠지만, 송별회나 그런 것)에 참석한 사람이, 그때의 나처럼 무언가를 받아서 돌아갈 수 있는 인생을 살 수 있다면 얼마나 좋을까. 지금이라도 늦지 않다.

인사도 제대로 못 한 채 헤어지고 말았지만, 시모키타자와의 나를 낳은 은인의 명복을 빌고, 그녀 가족이 앞으로 조금이라도 더 행복해지기를 기원했다.

아버지를 잃고, 친구를 잃고, 어머니를 잃은 그해. 장례식이 많아 어질어질해서, 어느 빈소에 어느 스님이 왔는지, 누구 장례식이었는지도 오락가락했던 그해, 남편의 아버지가 나스에서 올라와 준 것이 너무 기뻐 웃음을 참을 수 없을 정도였다.

내게는 아직 아버지가 있다, 그렇게 생각되었다. 그 정도로 슬펐다.

내리는 빗속에서 우에노 역까지 가는 차를, 지금은 사이타마로 내려가 가업을 거들고 있는 핫짱(이 에세이집에도 몇 번 등장하는 드라이버)이 운전해 주었다.

"아버님, 외로워요, 돌아가지 말고 다 같이 살아요."

눈물은 흘리지 않았지만, 거의 울다시피 나는 그렇게
말했다.

아버지는 묵묵히, 자상한 눈빛으로 들어 주었다.

나는 바쁘고, 가족을 부양하고 있고, 도쿄에 사무실
도 있고, 독자도 있고, 바람 같은 성격에 밤에는 잠도 늦
게 자지만, 시아버지는 세상에서 가장 밭을 좋아하고, 아
침에 일찍 일어나고, 자급자족을 즐기고, 도쿄 같은 곳에
서 살고 싶지 않아 한다. 그러니 절대 무리다. 남편도 일
이 줄어드는 시골로 돌아갈 마음이 전혀 없다.

그러나 또 하나의 나는, 정말 그런 생활을 하고 싶었다.

얌전하게 시집가서, 혼인신고도 하고, 사람 돌보기를
좋아하고, 수동적이며 어리광도 부리는, 만약 다르게 자
랐다면 존재했을 나.

그 나는 과연 어떤 것을 행복이라 여기고, 뭘 후회할까?

그 비 내리던 밤, 부모님과 함께 살았던 우에노 거리에

서, 또 하나의 내가 외쳤던 그 인생은 어디로 가 버린 것일까?

선택할 수 없었던 인생을 꿈꿀 수는 없다. 하지만 선택할 수 없었던 인생이 내게 미소를 지어 줄 때, 언제든 그 인생에 부끄럽지 않게 존재할 수는 있을 것이다.

사람들은 무언가를 선택한 사람과 흔들림 없는 인생을 칭찬한다.

나도 시나 씨와 아유카와 씨를 상찬하고 싶다.

그러나 그들에게도 선택하지 않은 인생이 반드시 있을 것이다.

내가 시모키타자와를 선택했을 때, 다른 동네에서 사는 인생을 선택하지 않았던 것처럼. 내가 평범한 결혼을 하고 일을 줄이는 인생을, 그렇게 좋아하는 남편의 아버지와 함께 사는 인생을 선택하지 않은 것처럼.

그들은 많은 것을 둘이서 일일이 선택하고, 선택하지 않은 길을 후회 없이 바라보면서, 아무튼 음악을 계속해 왔으리라.

거기까지 상상할 수 있을 때 비로소, 불가능을 가능케 한 영웅들이 우리에게 평범한 인간으로 다가온다. 우리와 같은 육체가 있으며, 지칠 줄도 아는 같은 차원에 있는 사람들이 된다.

그러고서야 진정한 의미에서 그들이 이뤄 낸 일이 얼마나 대단한 것이었는지를 알 수 있게 된다고 생각한다.

멋지다, 대단하다, 나와는 다르다. 단순히 그렇게 생각하면 현실이 되지 않는 진정한 힘을 그들에게서 받은 것처럼 생각된다.

얼마 전에 '영상의 세기'라는 프로그램을 보고 있는데, 베를린 장벽이 붕괴에 이르는 과정이 그려졌다. 큰 계기가 되었던 라이브 영상도 흘렀다. 동쪽에 닿을 수 있기를 바라는 염원을 담아 독일어로 얘기하고, 베를린 장벽을 배경으로 「히어로즈」를 노래하는 데이비드 보위는 엄청나게 멋졌다.

하지만 얼마나 많은 사람들이 움직였을지. 그 과정을 서포트했던 스태프, 교섭의 험난함, 살해당할지도 모르는 위험, 일정의 조정, 벽 너머까지 음악이 울려 퍼지도록 하는 음향 장치, 문제가 한두 가지가 아니었을 것이다. 그저 그 장소에 가서 노래를 부르면 되는 상황이 아니었을 것이다.

만약 그런 사전 작업이 없었더라면 그가 서 있었던 쾌적한 공간은 상상하기 어렵다.

그럼에도 그가 해 보자고, 해야 한다고 생각했던 것 자체가, 실현에 옮긴 것 자체가, 영웅의 조건이라고 생각한다.

우리는 그런 사람들에게서 엄청난 것을 보고는 다시 자신의 일상으로 돌아간다.

그러다 어느 때, 불현듯 자문한다. 자신의 현장에서, 뭘 하면 그들의 행동에 비견되는 일이 될까?

그리고 그때야 비로소, 그들이 얼마나 큰 현실적인 노력을 통해 그 장소에 섰는지를 깨닫게 된다.

책 한 권이 세상이 나오기까지 많은 사람이 움직인다

는 것, 그리고 그 책을 손에 든 사람이 책에 들이는 시간.
항상 그런 것을 잊지 말고, 한 걸음이라도 누군가의 히어
로에 다가가고 싶다.

너는 나를 알고 있다

오래전부터 미국 드라마 「워킹 데드」를 보고 있다. 종영을 앞두고 사람들은 마을을 짓기 시작한다. 좀비가 지배하려는 그 세계에서, 사람들은 동지를 만들고, 가족을 만들고, 아이를 만들고, 이어 마을을 만든다. 주인공을 포함한 팀은, 처음에는 좀비만 죽였지만 끝내는 어쩔 수 없이 사람도 죽이게 된다.

이렇게 쓰면 어째 단순한 논리에 따라 그려진 비인간적인 드라마 같은데, 각본이며 배우들의 연기가 너무 뛰어나서, '아, 어쩔 수 없지. 나도 저 입장이었으면 보고도 못

시모키타자와에 대하여

본 척하며 살 수밖에 없었을 테니까, 자기와 자기 가족을 죽이려는 인간을 살해할지도 모르지.' 하고 그 상황을 수긍하게 된다. 이 세상에서 전쟁이 사라지지 않는 이유를 정말 잘 알겠다.

어떤 환경에서든, 밖에서 우글거리는 좀비가 인류 공통의 적이라는 사실을 충분히 알아도, 역시 인간은 인간에게서 빼앗고, 다른 인간보다 자기가 우위이고 싶은 면이 있는 것이리라.

그렇게 서로 증오하고, 죽이고, 빼앗으면서도, 아니 그렇기에 인간은 역시 '동지를 받아들이고 마을을 만들고 싶어 하는' 생명체라는 사실의 애처로움을 느낀다.

옛날에 엉뚱한 스캔들로 잡지에 실린 적이 있다.

내가 어떤 남자에게 차여서 절망한 나머지 산속 절에 들어갔다는 내용이었다.

지금 생각해도 웃음이 나온다. 아니 내가 불자라는 말인가요! 만에 하나 절망의 늪에 빠졌어도 절에는 안 간다고요!

상대 남자도 친구 이상 연인 미만인 시기가 있던 사람이라 무슨 얘기가 하고 싶은지는 알겠지만, 너무 뜬금없어서 세상의 그 많은 스캔들이 이런 것일지도 모른다고 생각하게 되었다.

덧붙여 내가 산속 절에 간 것은 맞다. 왜 갔냐 하면, 수행 중인 스님과 사랑에 빠진 한 친구(여자다.)가 여자의 출입이 금지된 절로 그를 만나러 가려는데, 취재를 목적으로 작가와 동행하거나, 개인이 아닌 단체가 물건을 전달하려는 목적이라면 출입이 가능하다고 해서였다. 그러니까 나는 '들러리'였던 것이다. 수행 중인 스님은 여자와 접촉하면 실격이기 때문에, 멀찌감치에서 물건을 전달했다. 사랑하는 두 사람은 멀리 떨어져서 나란히 걸었다. 보는 사람 가슴이 찡해질 정도로 애처로운 광경이었다. 그가 수행을 끝내고 산에서 내려온 후에 두 사람은 결혼. 들러리 노릇도 보람 있었고, 또 기뻤다.

그러나 나는 그 남자와도 사이가 어색해져서, 다시는

이런 일에 얽히고 싶지 않다!라고 사방에 화를 냈는데, 그때 몇몇 사람에게서 'I 씨가 그 잡지 사람과 친하니까, 어쩌면 I 씨가 정보를 흘린 게 아닐까?' 하는 말을 들었다.

I 씨에 대해서는 잘 몰랐기 때문에 의심하지는 않았다. 다만, 그런 식으로 사람들 입에 슬쩍 오르내리는 환경에 있고 싶지 않다고 생각했을 뿐이다.

그 일은 몇 년 동안이나 내 안에 조그만 가시로 남았다.

그 후에 당사자와는 완전히 화해했다. 우리 집의 빈방을 빌려주기도 하고, 가족 단위로 친해져서 우리 아이를 미용실에 데리고 가 주기도 하는 등, 그렇게 오랜 세월이 흘렀다.

I 씨도 전에 다니던 회사를 그만두었다는 풍문을 듣고서, 아 다시 만날 일은 없겠네, 하고 생각했다.

그런데 운명은 우리를 다시 만나게 했다.

남편이 일 때문에 집을 비운 밤, 나 역시 일 때문에 집에 들어가는 시간이 늦어져 장을 못 본 탓에 우리 집 냉

장고에는 대파 정도밖에 없었다.

인스턴트 라면을 끓여 대파로 장식하는 작전도 가능했지만, 아이가 갑자기 회가 먹고 싶다고 해서 밖에 나가 먹기로 했다.

잘 알려지지 않았는지도 모르겠지만, 시모키타자와에는 싸고 맛있는 회를 파는 가게가 많다. 생선을 좋아하는 사람은 군침이 넘어갈 만한 동네라고 생각한다.

제일 가까운 가게는 가격은 좀 비싸지만 신선하고, 몇 점 먹는 정도면 크게 부담되지 않는다. 개점한 후로 손님이 있을 때나 늦은 밤에 가족이 함께 즐겨 다녔던 곳이다. 그래서 그날 밤에도 가볍게 포렴을 들췄다.

그런데 왠지 분위기가 좀 이상했다. 늘 맞아 주던 청년은 안 보이고, 본 적 없는 알바생이 얼굴을 내밀었다.

그러고는 "죄송하지만 아이는 들어올 수 없어요." 하고 말했다.

지난달에 왔을 때는 환영해 주더니, 시스템이 달라졌나? 하면서 입구에 나붙은 종이를 돌아보았다.

'미취학 아동의 출입은 사양합니다.'

옆을 보니 덩치 큰 후줄근한 열세 살짜리 아이. 어떻게 보나 미취학 아동이 아니다.

"지난달에 왔을 때는 들어갔는데요. 개점 후로 줄곧 드나들었고요."

그렇게 말해 보았지만,

"새로 바뀐 사항이라서, 죄송합니다."

하는 말뿐.

"그리고 이 아이는 미취학 아동이 아니에요."

하고 말하자,

"아무튼 아이는 안 돼요."

하고 강경한 태도.

귀찮아서 그만 돌아갈까 하다가, 왠지 약이 올라서,

"그럼 마지막 인사라도 하고 싶으니까, 점장님을 불러 주세요."

하고 말해 보니,

"점장님은 지금 일하시는 중이라……."

하고 어물거렸다. 만약 점장이 바뀌지 않았다면 꼭 만나고 싶었다. 미팅 때문에도 몇 차례나 왔고, 가족끼리도 늘 즐겁게 대화하며 친하게 지냈던 사람이기 때문이다. 아무 말 없이 뚝 발길을 끊었다고 생각하면, 너무 억울하다.

그때, 등지고 있던 입구 문이 드르륵 열리고, I 씨가 혜성처럼 나타났다.

"와! 몇 년 만이지, 이 사람. ……아니지, 어느 출판사 사람이었더라!"

순간, 그를 잘 알아보지 못해 당황했지만, 목소리를 듣고는 바로 기억났다.

"여기서 밥을 먹으려고 기웃거리고 있는데, 요시모토 선생님이 보여서. 제가 뭐 도울 일이라도 있을까요?"

그가 말했다.

"여기 늘 다니던 곳인데, 아이는 들어갈 수 없다고 해서 나붙은 종이를 보니까 미취학 아동이라고 쓰여 있는데, 좀 아닌 것 같아서 옥신각신하는 중이에요."

내가 말했다.

시모키타자와에 대하여

"아무리 봐도 미취학 아동은 아닌데."

I 씨가 말했다.

이유는 모르겠지만 점원이 화가 나서 주절거리며 나와 I 씨의 대화를 듣고 있었다. 그리고 마침내 안에서 점장이 나왔다.

전혀 모르는 사람이어서, 깜짝 놀랐다.

"저, 예전 점장님은 그만두셨나요? 마흔아홉 살이지만 아주 젊어 보이는……."

"그렇습니다. 이 가게는 체인점이고, 직원이 전원 교체 되었어요. 그는 다른 체인점으로 갔습니다."

새 점장이 말했다.

그러네, 이제 그를 만날 수 없네. 지난달, 또 오라면서 감자 샐러드를 건네주던 모습이 마지막이었다. 가게는 이런 부분이 참 허망하다.

"우리는 이 가게가 처음 문을 열었을 때부터 몇 번이나 왔어요. 오늘도 이렇게 왔는데, 아이는 안 된다고 해서, 점장님을 만나 인사라도 하려고 했는데."

내가 그렇게 말하자,

"그 말씀, 잘 전하겠습니다. 그리고, 이 아이는 어디로 보나 미취학 아동이 아닌데요. 어서 들어오시죠."

새 점장이 말했다.

알바생은 더 화를 내면서 휑하니 가게 안으로 들어가 버렸다. 그 후에는 손님으로 서비스를 해 주었지만, 내가 웃는 얼굴로 쳐다보아도 여전히 화가 난 채였다. 슬펐고, 지금도 대체 무슨 이유에서 그랬는지 모르겠다. 가게에서는 그런 일도 생긴다. 안타깝지만 그녀는 접객이 적성에 맞지 않았던 것이리라.

상황이 그렇게 돌아가, I 씨와 함께 식사를 하게 된 나는 오히려 기뻤다.

좀 애매하게 헤어졌는데 다시 만났고, 우리에게 힘을 빌려 주었고, 지키려 해 준 것도 고마웠다. 각자 여러 사람의 소식을 전하고, 근황을 얘기하면서 즐겁게 식사했다.

I 씨가 우리 아이에게 말했다.

"우리 집은 조금 더 언덕 위야. 여기서 똑바로 올라가서, 너희 집보다 조금 더 가는."

"어머, 정말요? 그런데 우리 최근에 조금 더 언덕 위로 이사했는데."

"오홋, 그래요? 우리 집은 ○○원 바로 근처인데."

그가 말했다.

"우리 집도 그런데? 바로 옆. 주소 가르쳐 줘 봐요."

나는 놀라서 말했다.

이사를 하고 이웃에 빠짐없이 인사를 했으니, 모를 리 가 없다.

"××길 ○○이요."

그가 말했다. 그냥 우리 주소와 똑같았다.

"거기는, 우리 집인데, 어떻게?"

"아, 혹시 선생님, 댁이 조금 안쪽으로 들어가서 있고, 최근에 이사 왔나요?"

"그런데."

"우와! 우리 바로 앞집이에요."

"아, 알겠다! 벽이 노란 집, 내가 인사하러 갔더니, 부인이 나왔었는데."

"네, 얘기하더라고요. 오늘 앞집에 이사 온 사람이 인사하러 왔었다고요. 같은 업계 사람인 것 같다고."

"호오, 잘 부탁합니다."

"무슨 말씀을요, 저희들이야말로 잘 부탁드립니다."

그리고 우리는 사이좋게 언덕길을 올라가, 부인에게 새로 인사하고, 신기한 기분으로 서로에게 인사하고는 같은 길에서 각자의 집으로 들어갔다.

그랬다. 내가 남편과 함께 인사하러 갔을 때는 부인밖에 없었고, 그가 남편이나 아들을 봤을 때는 내가 없어서 서로를 알아보지 못했다. 그러니까 몇 달 동안, 그와 나만 얼굴이 마주치지 않아 서로 모르는 채 마주하고 살았던 것이다.

시모키타자와의 신이 내려다보면서 "후후후" 웃지 않았을까.

시간문제였지만, 그렇게 드라마틱하게 재회하게 된 것을 그 무서운 알바생에게 감사해야 할 정도다.

새로 이사한 동네는 좀 무서운 사람도 살고 이웃과의 교류를 싫어하는 사람도 많아서, 지금까지 젊은 부부들과 시끌시끌한 아이들 소리에 둘러싸여 살았던 우리 가족은 당황스러운 일이 많았다.

그런데 그날부터 갑자기 숨통이 훅 트이는 듯했다. 선물받은 과일이나 계란이 양이 많으면 나눠 먹고, 서로가 만든 책을 우편함에 넣어 두기도 하고, 다녀오라는 인사도 나누고, 기분이 한층 밝아졌다.

지금도 이내 고함을 질러 대는 사람이 있지만, 신경 쓰이지 않는다. 그래서 그런지 집 자체도 우리에게 적응한 분위기다.

I 씨가 편집 일을 하는 한, 함께 일하게 되는 날도 있을 것이다. 교정지는 서로의 우편함에 넣으면 그만, 미팅도 한동네에서 할 수 있다. 왠지 신이 나서, 이제 이 동네 밖으로 안 나가도 되겠다는 생각마저 들었다.

내가 이 동네를 선택한 탓에, 살 수 없게 된 동네가 있다. 할 수 없었던 생활이 있다. 떠나보내야 했던 사람도 있다. 만나지 않아도 되는데 만나서 어색해진 사람도 있다. 그렇게 좋아했던 고향 동네도 떠났다.

하지만 이 동네에 정착해서 인연의 고리가 생긴 것이 무엇보다 기쁘다. 휴대전화와 지갑과 열쇠만 주머니에 넣고 나서서 거리를 걸으면 아는 사람을 만날 수 있고, 다양한 사람과 함께 동네를 공유하고 있다는 게 무엇보다 고맙다. 우리 아이의 성장을 넌지시 지켜봐 주는 이웃이 있다. 그리고 신기하게도, 아무리 가까이 살아도 인연이 없는 사람과는 스쳐 지나는 일조차 없다. 나는 「워킹 데드」의 주인공들처럼, 나만의 인연으로 나만의 시모키타자와를 구축하고 있는 것이리라.

점쟁이도 식사도 하와이안 마사지도 서점도, 편집자도 라이터도 디자이너도 교정자도, 최고 수준을 두루 갖추고 있는 우리 동네 시모키타자와여!

일러스트레이터 마이 씨, 언제든 돌아와요!

그리고 여러분도 언제든 이 멋진 동네 시모키타자와

에 놀러 오세요. 그리고 만약 마음에 들면 눌러살아도 좋

겠죠.

본문에 등장하는 가미우마의 집, 내가 살았던 3층 위에 새끼 돼지네 가족이 살기 전에 실은 토터스 마쓰모토 씨 가족이 살고 있었다.

그래서 지금도 가끔 함께 식사하기 위해 그곳에 갑니다. 참 신기한 인연이죠.

내가 아는 멋진 사람 중에서 다섯 손가락 안에 들 정도로, 무슨 일이 생겨도 끄떡 않는 미인 사모님(당신을 만나서 정말 다행이라고 만세를 부르는 노래가 있을 정도)이 수건을 들고 "위층에 새로 이사 온 사람이에요." 하며 인사하러 왔을 때, 당시의 내 조수가 "간사이 사람에 마쓰모토라고 하면, 토터스가 틀림없다고요!" 하기에, "설마, 그럴리가!" 했는데, 정말 그랬다.

처음 한동안은 집 앞에 록 밴드 우루후루즈의 팬이 진을 치고 있다가, 내가 나가면 '저 사람이 부인인가?' 하는 소리가 들리곤 했다.(아쉽지만 아니랍니다.)

토터스 마쓰모토 씨 집에 여자아이가 태어나고, 이어 사내아이가 태어난 중요한 시기에 나도 아이를 낳아 키우기 시작했기 때문에, 너무너무 든든했다.

그 10년 동안에, 같은 건물에 아기가 셋이나 태어났으니, 북적북적하고 즐거웠다.

내가 일하는 방 바로 위에 토터스 마쓰모토 씨가 작곡을 하는 방이 있어 '이 세로 라인에 창작의 엄청난 에너지가 흐를 것이다! 한쪽이 슬럼프에 빠져도 다른 한쪽의 에너지로 어떻게든 될 것'이라는 말을 주고받으며 웃었다.

당시 메구로에 살았던 오자와 겐지 씨가 놀러 와, 다같이 오코노미야키를 먹은 적도 있었다. 그런 시대였다.

마쓰모토 씨 집에 있었던 '아이가 자다가 깨면 다른 방에서 그 소리가 들리는 모니터'와 '아이의 마음을 매료하는 신기한 인형' 등, 부부가 언제나 재미난 작당을 많이 했던 것, 지금도 잊히지 않는다. 서로가 첫 육아로 삶의 방식이 비뀌어 가는 시기여서, 전에 없던 유의 활기가 있었다.

스타나 보컬리스트에게는 빛나는 아우라가 있다.

토터스 마쓰모토 씨의 낭랑한 목소리와 언제나 말쑥하고 반듯한 자세는 정말 멋졌다. 그는 엘리베이터에서 마주칠 때마다 조금 긴장되리만큼 무언가를 발산하고 있었다. 목소리가 아름다워, 몇 마디만 나누어도 무척이나 좋은 얘기를 들은 듯한 기분이 들었다.

그리고 화창한 일요일 오후, 그가 라이브를 준비하면서 산신(三線, 샤미센의 기원 중 하나인 전통 현악기) 연습을 하는 귀중한 소리가 바람을 타고 들려오곤 해서, 횡재한 기분이었다.

시모키타자와에 대하여

토터스 마쓰모토 씨가 하는 말까지는 들리지 않았지만, 창문이 열려 있으면 그의 목소리만은 언제나 또렷하게 3층까지 들렸다.

정말 듬직한 목소리였다.

그중에서도 어느 록 페스티벌에서 록 밴드 유니콘의 멤버 오쿠다 다미오 씨와 토터스 마쓰모토 씨가 경연하던 시기에는 더욱 멋졌다.

나는 물론 아기가 있어서 그 록 페스티벌에 가지 못했지만, 매일 목욕을 하다 보면 토터스 마쓰모토 씨가 목욕을 하면서 연습하는 「이지 라이더」 소리가 들려 왔다.

그냥 들어도 좋은 노래인데, 욕실의 울림과 그의 멋진 목소리가 어우러져 더욱 좋은 노래로 들렸다. 그는 콧노래를 흥얼거리듯 불렀겠지만, 4층 창문이 열려 있는 데다 나도 욕실 창문을 열어 놓아 그 우렁우렁한 목소리가 완벽하게 들려서 눈물이 나올 정도로 감동했다.

정말 좋은 목소리네, 정말 좋은 곡이네, 가사도 좋고.

오쿠다 다미오 씨의 노래라서 더 정확하고 진지하게 노

래하는 토터스 마쓰모토 씨의 모습에 가슴이 뭉클했다. 정말 그는 노래하는 것을 좋아하고, 그가 노래하면 언제나 거기에 생명이 깃든다.

지금은, 층은 비록 달랐지만 피차가 벌거벗고 노래하고 감동하고, 참 그 세로 라인 묘했네, 하고 생각한다.

행복한 시대였다.

뒷이야기의 수위가 점점 높아지고 있어, 언제 판매 금
지가 될지 알 수 없는 글입니다.

업자가 지어 파는 주택 또는 어느 정도 포맷이 정해진
주택의 규약을 완전히 파악하기 전에, 집에 벽장 하나와
수전을 새로 설치하려고 건축주에게 부탁했다. 그런 때는
원래 집을 지은 쪽에 의뢰하는 게 최선이다.

어느 날, 추가 공사를 한다고 해서 간식이라도 전해 주
려고 갔더니, 마침 팀장이 한 명 와 있었다. 원래 오후

1시 예정이었는데, 시간은 이미 오후 4시.

어떻게 된 거지? 게다가 둘이나 셋이 오기로 했는데? 잔뜩 들고 간 음료가 남게 생겼지만, 아무튼 건넸다.

"감사합니다. 이거 다 못 먹겠는데요. 오늘은 혼자서 일하거든요. 사무실에 돌아가서 다 같이 마시죠. 아마 이쪽에는 관이 연결되어 있지 않을 테니, 2층에 수전을 설치하는 건 힘들겠지만, 어떻게든 끌어와 보죠."

그렇게 말하는데, 어째 재즈 뮤지션 기쿠치 나루요시를 닮았다.

그것도 숙취나 전날 라이브가 있었던 탓에 축 늘어진 나루요시.

안색도 안 좋고, 팔뚝에는 뭔지 모르겠지만, 채혈을 했거나 링거 주사를 맞은 듯한 반창고가 붙어 있다.

"무리하지 마세요……"

나는 그렇게 말하고 집으로 돌아왔다.

며칠 후, 부동산에서 "그가 입원을 했어요……, 어쩌면 당분간 못 나올지도 모르겠습니다." 하는 연락을 듣고는,

시모키타자와에 대하여

어쩐지 하고 수긍했다.

2층에는 물론 수전이 없고, 3층에는 있었는데, 수도꼭지 대신 조그만 나사가 붙어 있었다. 일을 하다 도중에 그만둔 것처럼 보였다.

몸이 상당히 안 좋았던 모양이네, 하고 나는 안타까워했다.

부동산의 명예를 위해 덧붙이는데, 물론 나중에 다른 사람이 와서 수도꼭지를 제대로 설치했고 그 외의 소소한 미비점을 조곤조곤 보완해 주었다.

나루요시를 닮은 그는 그렇게 나의 인생에서 흔적도 없이 사라졌다.

사라진 건 딱히 문제가 아닌데, 내 집을 지은 사람, 언제까지 살지 알 수 없는 작은 집이지만, 지금 사는 집을 지은 사람이기도 하니까 건강하면 좋겠다고 생각한다.

그 후에 여기저기 떨어지는 곳이 생겨서(웃음) "풀칠한 데가 여기저기 자꾸 떨어지는데요." 하고 말했더니 "아아…… 그건 괜찮습니다." 하고 느긋하게 대답했던(괜찮지 않다구요!) 점검 담당 귀여운 오빠는 싱어송라이터 야마자키 마사요시를 닮았다는 걸 덧붙이고 싶다.(왜 덧붙이는데?)

그때 같이 왔던 똑같이 여유롭던 아저씨가 우리 개를 보고,

"개라는 게, 정말 귀엽단 말이지요. 골든 리트리버를 키웠는데, 죽으니까 얼마나 애처롭고 슬프던지. 현관에서 내가 돌아오는 걸 계속 기다려요. 사람에게는 그런 대접을 받은 적이 없는데." 하는 말을 듣고 '점검도 꽤 괜찮은 거네, 마음도 따뜻해지고…… 그쪽에 계속 수리를 부탁할지는 모르겠지만.' 하고 생각했던 것도 덧붙이자.

임기응변이 전부지만, 그럴 때마다 타인을 향한 사랑이 있다면 많은 일들이 좋은 방향으로 어떻게든 되는 것이리라.

　　　　　　　　　시모키타자와에 대하여

다카노 테루코 씨는 지금은 여행이 본업이 되었지만, 우리 아이가 어렸을 때는 영화 제작사 도에이에서 일했다. 그녀가 당시에 우리 모자가 가장 좋아했던 「가면 라이더」 가부토의 이벤트에 초대해 주었다.

덕분에 프로듀서 시라쿠라 신이치로 씨와 다케베 나오미 씨를 만나 여러 가지 얘기를 들었던 잊지 못할 기억이 있다. 역사에 남을 테니 현대의 가장 재미있는 소재로 만들고 싶은 뜨거운 바람, 무엇보다 철학을 소중히 하는 점이 크게 참고가 되었다.

「가면 라이더」 시리즈는 덴오 언저리부터 점차 번쩍번쩍 재미나는 엔터테인먼트 노선으로 기울었지만, 가부토까지는 그 전의 히비키나 쿠우가의 어두운 요소를 담고 있어서 무척 재미있었다.

관심 없는 분들은 무슨 소린지 전혀 모르시겠지만, 그런 게 있나 보다, 하는 정도로 흘려 읽으셔도 됩니다.

아무튼 테루코 씨의 주선으로 나와 아들은 미즈시마 히로 씨와 사토 유키 씨를 만나게 되었다. 토크쇼 직전이었는데도 불편한 내색 없이 아이와 사진을 찍고, 악수도 하고.

테루코 씨 자신이 도에이 안에서는 이미 유명한 사람이라, 그들도 테루코 씨 앞에서 잘 웃고, 얘기도 잘하고, 나와 아들이 매주 열심히 보고 있다고 하니, 기뻐해 주었다.

미즈시마 히로 씨가 연기하는 덴도를 무척 좋아했다. 요리를 좋아하는 고독한 영웅이다. 사랑하는 여동생이 웜이라는 사실에 고뇌하면서도 밝게 행동하고 자기를 최고로 여기는 캐릭터로, 맛있는 음식을 만드는 것이 매력 포인트였다.

텐도를 연기한 실제의 히로 씨는 더 다감한 인상이라 전혀 다른 사람, 연기를 잘하는 거구나 싶어 감탄했다.

「가면 라이더」의 잘생긴 스타들은 대개 그 후에 훌륭한 배우가 되었음은 물론, 이 세상 모든 어머니의 피를 들끓게 했는데.

그러나 잘생긴 남자에게는 별 관심이 없는(이렇게 말하면 남편이 무척 슬픈 표정을 짓기 때문에 '예외도 있어♡'라고 말하도록 주의하고 있다.) 나는 그 근육질의 멋진 두 남자를 보면서도 아들을 보는 어미 기분으로 미소만 지었다.

그런데 그 직후에, 테루코 씨가 "좀 기다려 봐, 잘하면 지금 가부토와 가탁을 만날 수 있을 것 같아!" 하고는 복도를 뛰어갔다.

우리도 따라가 보니, 그 앞에 양복 차림의 배우 모습이었지만, 「가면 라이더」 가부토와 가탁이 서 있었다.

테루코 씨가 부탁해서, 사진을 공개하지 않는다는 조

건하에 두 배우 사이에서 사진을 찍었다.

　그때 기뻐했던 내 표정, 신부야? 할 정도로 쑥스러웠는데, 악수할 수 있을까요? 하고 부탁했더니 말없이 고개를 끄덕여 더 혼이 나가고 말았다.

　여자로서는 절망적인 인생이지만, 이 사건, 지금의 후낫시(치바현의 배(과일) 모양 마스코트 캐릭터) 사랑과 통하는 것이 있을 듯하다.

　인간 남자 따위 흥.

B&B에서 역시 싱어송라이터인 오카무라 야스유키 씨
와 대담했을 때, 너무도 소심한 오카무라 씨가 애처로워,
아무튼 있는 힘을 다해 아트 쪽으로 등을 떠밀었다.

그렇게 심약한 인상인데, 그의 목소리는 그 세계를 표
현하는 걸출한 예술이었다.

그가 슬쩍 한마디만 해도, 마음에 뭉근하게 울린다. 그
리고 그 특유의 말과 말 사이의 간격. 대단하네, 가사를
노래에 실어 많은 사람에게 전달하는 사람의 목소리는 이
렇게 특별하구나, 하고 생각지 않을 수 없었다.

우리의 청춘을 채색해 준 오카무라 씨의 목소리는 영원하다.

사람은, 살아 있기만 해도 그 자체가 작품이다.

이 또한 B&B의 이벤트에서 있었던 일. 상태가 좋지 않아 못 갈 수도 있다던, 고독해서 견딜 수 없다던, 마음을 앓는 그녀가 힘들게 와 주었다. 조금 얘기를 나눠 봤는데, 작품이라면 몰라도 나는 그녀에게 아무것도 해 줄 수 없다.

힘 내 달라는 소망을 담아 간곡하게 얘기했다.

그다음 이벤트 때, 그녀는 다소 밝은 모습으로 와 주었다.

얼마 전에 상태가 안 좋았던 분이죠? 지금은 어때요? 하고는 절대 물을 수 없었다. 그렇게 묻는다는 게 왠지 가볍게 느껴졌고, 그냥 서로 쳐다보며 미소를 짓는 게 최선이라고 생각했다.

그녀는 여전히 힘든 일이 많은 것처럼 보였지만, 그 발은 지면을 굳게 밟고 있었고, 눈동자는 살아 있는 사람의 빛을 담고 있었다.

스스로는 그렇게 생각되지 않겠지만, 당신 역시 그렇게 살아만 있어도 작품이라고 말해 주고 싶었다. 당신을 창조한 것은 신도 부모도 아니에요. 당신의 혼과 육체의 조합은 단 하나, 당신이 매일 선택하는 것이 당신 자신을 드러내 주고 있어요.

지금도 나를 포함해, 절망한 사람들 모두에게 그렇게 말해 주고 싶다.

교토에 프린츠(prinz)라는 유명한 카페가 있다. 위층에서 묵을 수도 있고, 갤러리가 있고, 외국 사진집도 팔고, 마당도 있고, 넓고 고즈넉한 장소이다.

얼마 전에 왠지 지쳐 있던 우리 가족과 야마노하에 같이 갔던 교토의 친구, 아티스트로 태어나 펑키하게 사는 도노무라 아유미 씨와 함께 그곳에 갔다. 몹시 더운 날이라 그런지 손님이 거의 없었다. 가게 전체에 햇살이 쏟아졌다. 우리 아이가 아유미 씨에게 마술을 보여 준다고 해서, 단둘이 가장 넓은 테이블을 당당히 차지했다.

나와 남편은 다른 자리에서 그 모습을 바라보며 주스를 마셨다. 그러다 너무 뜨거운 햇살을 참을 수가 없어 다 같이 멋대로 자리를 옮겼다. 아니 대체, 전세를 낸 거야? 그리고 꼭 받아야 할 전화를 기다리고 있던 내 휴대전화기의 배터리가 떨어져 충전까지 부탁하면서 주문을 한 번 더 하고 시원한 곳에 자리를 잡았더니, 아이가 진짜 쿨쿨 잠이 들고 말았다. 결국 두 시간이나 잤다. 떠날 때가 되어 보니 소파에 아이의 침이 묻어 있었다. 열심히 닦으면서 "우리 진짜, 최악의 손님이네……." 하고 반성하면서 시모카모 신사의 미타라시 축제로 향했다.

이 몹쓸 추억 또한 교토의 카페에 얽힌 한 추억으로 뒤 역사에 남아 있습니다.

병을 앓아, 수술 날짜도 정해지고, 드디어 다가온 그날, 언니가 수술 약속을 깨고 도주했다.

대단하다고 생각했지만, 부모님을 돌봐야 하는 언니로서는 그렇게라도 하지 않고는 수술 날짜를 변경할 수 없었을 것이다.

환자를 간병하거나 불편한 어르신을 돌보는 사람은 자기를 옭아맨다.

잠깐 누구에게 부탁하고 나가서 맛있는 거라도 먹어야지! 하는 에너지가 점점 없어지고, 그런 행동에 죄책감마

저 느끼게 된다.

'이렇게 대낮에 느긋하게 낯선 가게에 들어갈 수도 없었다니!'

언니가 도쿄 역의 다이마루에서 보낸 문자를 봤을 때, '잘했다.'라고 생각했다.

계속 혼자 놔두기도 좀 그래서, 언니가 도쿄 역에서 향한 교토에서 첫날만 같이 지내기로 했다. 렌터카를 빌려 언니가 살았던 주변을 돌아보자고 생각했다.

운전 아르바이트를 하는 예의 그에게, 신칸센을 같이 타고 가서 렌터카 좀 운전해 달라고 부탁했더니, "뭐하면 그냥 차로 가죠." 했다.

평생에 한 번쯤은 그래도 좋겠다 싶어서 나는 짐과 아이를 싣고, 그가 운전하는 차를 타고 교토로 향했다.

혼자 일곱 시간이나 운전하자니, 도중에 하마마쓰의 하마나 호수에 들러 장어로 에너지 보충을 했어도 버거웠을 것이라고 생각한다.

언니와 호텔에서 합류한 다음 밖에 나가 선술집에서

한잔했다. 이렇다 할 거 없는 교토의 선술집이었지만, 언니가 교토를 떠난 후로 30여 년 만에 같이 교토에 있다는 사실에 깜짝 놀랐다. 지금 언니 몸은 병을 앓고 있다. 그렇게 생각하자 너무 이상했다. 익숙한 언니의 젖가슴과도 이제 곧 작별이다⋯⋯.

그런 생각을 하면서 다음 날에는 언니와 다카라가이케 공원과 사쿄 구에 있는 서점 등 추억의 장소를 돌아다녔다.

나의 호쾌한 교토 친구들이 합세, 혼자 산책하다 복잡한 장소에 들어선 바람에 택시를 잡지 못하는 언니를 데리러 가 주었다.

"차 좀 빌려줘요, 나 길 잘 아니까."

그녀의 말에,

"익숙하지 않을 텐데 괜찮겠어요? 내가 갈까요?"

하고 묻는 운전 아르바이트 오빠의 걱정스러워하는 목소리도 좋았고,

"아, 괜찮아요."

하고만 대답하고 그녀가 내 차를 몰고 붕 가 버리자 그가 조금 놀랐을 때도 재미있어서, 차로 내려오기를 잘했다고 생각했다.

구입한 지 20년이 넘는 내 작은 차도 운전의 달인들 덕에 교토의 여기저기를 달릴 수 있어 기뻐하겠다고 생각했다.

다음 날의 호텔은 '언니와 나' 그리고 '아들과 알바 오빠'가 각각 방을 쓰게 되었다. 그 이외의 어떤 조합도 어색하니까(웃음).

호텔 건물이 굉장히 길쭉했다. 우리가 사용하는 두 방은 끝과 끝이어서 한참 떨어져 있었다. 나와 언니 방에서 목욕을 한 아이를, 한참을 걸어 오빠 방에 데려다주었다.

길고, 어둡고, 아무도 없는 복도를, 줄곧 손을 잡고 걸었다.

귀찮아서 나는 잠옷에 슬리퍼 바람, 카드 키 외에는 맨손이었다.

시모키타자와에 대하여

"엄마랑 헤어지기 싫다."

아이가 말했다.

"엄마도 혼자 돌아가기 싫어."

내가 말했다. 침대에 드러누워 기다리던 그가 우리 아이의 이름을 불렀다. 나는 왠지 안심이 되어 혼자서 또 복도를 하염없이 걸어 언니가 기다리는 방으로 돌아갔다.

무척 좋은 추억이다.

초장거리 연애를 하던 연인과 어쩔 수 없이 헤어졌다
가, 그래도 서로가 서로에게 필요하다는 걸 알고 같이 살
기로 결심하여 가족들의 축복 속에서 결혼, 아이를 낳
는다.

인생에서 그런 큰일이 있었던 특별한 시기의 마이 씨와
마침 함께 지낼 수 있었던 것을 영광으로 생각한다.

피차가 몹시 바빠서 그렇게 자주 만나지는 못했다.

그래도 주변 어딘가에 언제나 마이 씨가 있는 느낌이
었다.

그리고 올해, 마이 씨는 남편의 일 때문에 아주 멀리로 이사 가게 되었다.

  이제 마이 씨가 갓난아기를 안고 걸어가는 모습을 한 동네에서 볼 수 없다고 생각하면, 무척 허전하다.

  인생에는 여러 시기가 있으니, 지금은 오히려 그 같은 날들이 있었음에 감사하고, 각자 새로운 인생을 행복하게 그리면서, 앞으로도 때로 교류할 수 있기를 바란다.

  인생이라는 배는 간혹 멋대로 출항 준비를 하고는 항구를 떠나간다.

  그다음은 키를 잡고, 각자의 기분을 밝게 전환하는 것뿐.

  마이 씨는 우연이지만, 다이자와의 우리 집 바로 근처에 살았다.

  언덕을 내려가면 마이 씨 방의 불빛이 보였다.

  함께 외식을 하고는 언덕 아래에서 헤어졌다.

  또 어디에 갔다가 선물을 사 오면 각자 집 우편함이나

현관 손잡이에 걸어 두었다.

지진이 났을 때도 가까이 있어서 마음이 든든했다. 캄캄한 우리 집에서 양고기를 구워 같이 와인을 마셨다. 시간이 빛났다. 근처 사는 사람들이 모두 모여서 정말 든든했다.

마이 씨 부부와 나와 아들, 그렇게 넷이 『조조의 기묘한 모험』 전시회를 보러 센다이에 가서, 조그맣고 길쭉한 호텔에 묵으면서 먹고 마시고, 가라오케에서 노래도 불렀다. 왜 센다이까지 와서 가라오케? 하고 웃으면서.

마이 씨 남편이 운전하는 차를 타고 그녀의 친정에 가서 바비큐를 하고, 다 같이 시모키타자와로 돌아오기도 했다.

당연해 보이는 그런 하루하루가 인생의 아주 짧은 한 시기에만 있다는 것을, 나는 알고 있었다. 지금까지 50년을 살면서, 조금 전까지 가까이 있어서 매일 만날 수 있던 사람을 쉬이 만날 수 없게 되는 일도 흔히 있다는 인식이 자리 잡혀 있었기 때문에.

시모키타자와에 대하여

공항에서 포옹을 하고 헤어져, 출국 심사장으로 들어 갔을 때와 비슷하다.

아침에 같이 밥을 먹었는데, 조금 전까지 같이 수영을 했는데, 차를 마시면서 별거 없는 수다를 떨었는데. 그러 나 이제 없다. 아직 이 손에 온기가 남아 있는데, 더는 만 질 수 없다. 그 목소리도 바로 거기에 있는 것처럼 귀에 들리는데.

서로가 조금 떨어진 곳으로 이사했을 때, 한 시대가 끝 났다는 것은 알고 있었다. 하지만 그래도 한동안은 같은 동네를 어슬렁거리다 마주치곤 했다.

신이 우리에게 아주 적당한 준비 기간을 선사해 준 것 이리라.

마이 씨의 명석한 머리, 고운 마음, 그리고 광기를 품은 그림의 크나큰 재능을, 나는 멀리 떨어져 있어도 계속 응 원하고 싶다.

안녕, 시모키타자와의 마이 씨. 여러 가지로 정말 고마 웠어요.

앞으로 더더욱 성장해서 엄청난 작품을 만들어 주기를, 더 깊이 자기 안으로 뛰어 들어가 보물을 한가득 캐오는 인생이 되기를, 간절히 기원할 뿐이다.

시모키타자와에 대하여

뒷이야기 7 ○정말 위험한 현장

　나는 이 건에 대해서 아무런 원망도 앙금도 없다.

　또 이 글에 등장하는 사람들의 어떤 면이라도 그 사람들이 좋다고 인정하면 좋다는 단순하고 밝은 기분이다.

　그래서 이렇게 느긋하게 쓸 수 있지만.

　우리 집 근처의 아주 낡은 집에 살던 노부부가, 리모델링을 하기 때문에 당분간 집을 비울 것이다, 공사 때문에 시끄러울 테니 미안하다, 하는 말을 남기고 떠났다.

　그런데 공사가 아니라 해체가 시작되었다. 그것도 아주

아주 한가로운 속도로. 15분에 한 번은 차를 마시고 간식을 먹으면서 슬렁슬렁.

그리고 가는 기둥만 남기고 모두 사라졌다.

이걸 리모델링이라고 할 수 있을까? 그런데 해체를 해도 기둥을 남기면 리모델링이기 때문에 신축보다는 절세가 된다고 한다.

그렇다는 걸 알았지만 때는 늦었다. 지붕이 없는 상태에서 바닥을 깔다 보니 비가 오면 널마루가 축축하게 젖어, 저래도 괜찮으려나? 하고 나는 늘 생각했다.

전에 건축업자였던 택시 운전사가,

"야, 이거 말이 아니군, 현장이."

하기에 자세하게 물어 보았더니, 역시 모든 의미에서 걱정스러웠다.

한 달이면 끝나야 할 공사가 석 달이 걸렸다.

그렇게 쉬면서 일을 하니 당연하다.

그 석 달 동안, 우리 마당을 돌아서 가지 않으면 가스 미터기를 확인할 수 없었고, 우리 마당에 들어와 앉아서 한가롭게 도시락을 먹는 사람도 있어, 마치 쇼와 시대 같았다!

그런 일 정도는 충분히 허용할 수 있지만, 비가 오면 적당히 갖다 붙였다고밖에 생각되지 않는 처마 같은 곳에서 우리 집으로 물이 좍 쏟아진다는 것을 알고(그 시점에 알면 어떡하겠다는 건지) 급거 차양을 설치했는데, 차양과 우리 대지의 간격이 겨우 3센티미터!

졸속에 적당.

이 에세이집에 간간이 등장하는 드라이버 핫짱이 이 상황을 보고는,

"이건 1급 건축사가 없는 현장의 특징적 사건."이라고 말했다.

리모델링 회사라 1급 건축사가 없는 것은 당연지사, 뭐 어쩔 수 없다.

아무튼 그 사람들 사이에서,

"앗, 이 기둥 역시 모자라는데."

"15센티미터라고? 그럼 이걸 덧붙이지."

하고 오가는 소리가 매일 들려온다.

그럼에도 그럭저럭 집이 완성되었다. 예정보다 두 달이나 늦게.

그동안, 그 노부부는 어디에 살았는지, 그렇게 친하지 않아서 나는 전혀 모른다.

그러나 그 비용을 감안하면 절세라고 할 수 없지 않을까.

한 달로 예정한 공사가 '예상외로 집이 많이 상한 상태'였다 뭐다 하면서 석 달로 늘어나도 소송을 제기하는 사람은 없을 것이다.

공사하는 사람들과 매일 얼굴을 마주했는데, 느슨한 것 빼고는 아주 좋은 사람들이었다.

아무도 나쁘지 않다고 할지, 모두가 나쁘다고 해야 할지.

노부부가 돌아와 인사하러 왔을 때, 나는 그만,

"여러 말씀 안 드리겠고요, 만약 수리할 곳이 생기면 말이죠, 그러니까 만약에 그런 일이 생기면, 다른 회사에 의뢰하는 편이 시간이 덜 걸릴 것 같아요." 하고 말해 버렸다. 이제 지쳤다는 할아버지 대답이 인상적이었다.

인류 역사상 그 예가 없을 정도로 혼란스럽고 이상한 시대, 어떻게 헤쳐 나가면 좋을지, 정신이 바짝 차려지는 기분이었다.

옮긴이 김난주

1987년 쇼와 여자대학에서 일본 근대문학 석사 학위를 취득했고, 이후 오오쓰마 여
자대학과 도쿄 대학에서 일본 근대문학을 연구했다. 현재 대표적인 일본 문학 전문
번역가로 활동하며 다수의 일본 문학 및 베스트셀러 작품을 번역했다. 옮긴 책으로
요시모토 바나나의 『키친』, 『하드보일드 하드럭』, 『하치의 마지막 연인』, 『암리타』,
『티티새』, 『막다른 골목의 추억』, 『서커스 나이트』, 『주주』, 『새들』, 무라카미 하루키
의 『태엽 감는 새 연대기』, 『세계의 끝과 하드보일드 원더랜드』, 『포트레이트 인 재
즈』, 『해 뜨는 나라의 공장』 등과 『겐지 이야기』, 『모래의 여자』, 『기린의 날개』, 『천
공의 별』 등이 있다.

시모키타자와에 대하여

1판 1쇄 찍음 2021년 6월 11일
1판 1쇄 펴냄 2021년 6월 25일

지은이   요시모토 바나나
옮긴이   김난주
발행인   박근섭, 박상준
펴낸곳   **(주)민음사**

출판등록 1966. 5. 19. 제16-490호
주소   서울특별시 강남구 도산대로1길 62(신사동)
          강남출판문화센터 5층 (우편번호 06027)
대표전화 02-515-2000 | 팩시밀리 02-515-2007
홈페이지 www.minumsa.com

한국어판 ⓒ**민음사,** 2021. Printed in Seoul, Korea

ISBN 978-89-374-7204-6 03830